U0075641

我們的歌

五年級點唱機

宇文正 著

推薦序

如歌的記憶

作家 郭強生

一九八〇年代末，在我赴美留學前，台北還沒有錢櫃，只有一些小酒館有卡拉OK機，一首一首人工播放，還有小舞台。點唱的人上台面對的是一屋子陌生人，還有眼前譜架上攤開的厚厚歌本。

二〇〇〇年回台，包廂式KTV已經成了全民運動，我反成了土包子。有那麼多沒聽過的新歌，那麼多陌生的新偶像，一開始覺得自己完全脫節。我只能點那些我在去國之前耳熟能詳的金曲，每每被在座的朋友笑稱是老歌時間。

怎麼樣？我就是愛老歌。

現在回想，回國後慢慢從初識到熟識的朋友，幾乎都是因唱歌而結緣。與瑜雯就是這樣，起初只有編輯與作者間的書信往返，卻因為都愛老歌而一見如故。

讀她這本《我們的歌——五年級點唱機》，我更明白那種一見如故其來有自。喜歡聽朋友們唱歌，因為有時他們的歌單與演唱的方式，比聊天時的言語所能傳達的更豐富更真實。好歌聲總是有故事的，不是鐵肺或飆高音那種，而是在那歌聲中總聽得見對世間百轉人情有一種體會，一種執著，在歌裡慢慢悠迴又慢慢將其撫平。

瑜雯的文字就像她的歌聲，如一杯溫潤的蜂蜜檸檬紅茶。老歌的故事我也寫過，但總被我寫成了一杯滄桑的威士忌。

但是我們的記憶卻又多麼近似啊！都在那些年聽著同樣的歌，而地球上幾萬首國語老歌裡，我們竟都挑中過相同的歌，做為記憶的線頭，寫進了文章裡。翁倩玉的〈祈禱〉、齊豫的〈橄欖樹〉、趙傳的〈我很醜，可是我很溫柔〉、潘越雲的〈最愛〉……

是的，最愛。當我讀到她說「在這樣多的女歌手中，如果只能挑選一位『最愛』，那麼我會選擇潘越雲」時，我簡直開心得手舞足蹈了：Me too！在我出國念書前，唯一每張專輯我都有買的歌手，只有潘越雲啊！

想到那些黑膠唱片，在我出國後都被母親扔掉了，還是要忍不住扼腕。許多當年的歌手後來雖發行了CD精選集，並沒有每一首歌都收入，其實有很多B面第三首那種看似冷門的歌，卻是耐聽得不得了！在疫情三級警戒期間，我關在家裡最常做的一件事，就是上YouTube搜尋那些市面上已失傳的老歌。

又讀到瑜雯說，眾多人模仿鄧麗君都缺少了什麼，我一看又不得不擊掌叫好了：「她的溫柔裡有傲氣，有種堅決的意志力，揀盡寒枝不肯棲。」終於找到知音了！我也一直覺得把鄧麗君的音色簡化形容成「柔美」是誤聽，模仿者極盡甜嗲之能事也完全抓錯了重點。「揀盡寒枝不肯棲」形容得絕妙，我同樣在鄧麗君的歌聲中聽到那樣的傲氣，甚至是孤寂。

「寶寶你該睡了。你拉起我的手，媽媽我們彈吉他……先抱著你來一首〈太湖船〉……」瑜雯唱給寶寶的搖籃曲，竟然是〈太湖船〉，唉呀呀，我至今還會在KTV點唱這一首，每每讓在場的人瞠目結舌。「山青水明幽靜靜，湖心飄來風一陣，行啊行，進呀進……」

詞曲都美極了，每次唱起這首，心中的風景不只是湖光山色，而是曾有一個純樸靜好的年代，我們都是哼著這些音樂課本上的歌曲，一天一天成長的。用這首當作搖籃曲，做母親的是否也在心中傳遞著這樣的回憶呢？

五年級的歌，轉眼就將是半世紀了。

但是每一次點唱同一首歌的人，都是與昨日不同的自己。

讓我們一起回到那些歌聲裡，儘管年華易逝，但是歲月終究給了我們每個人最獨特的音色。

如果我們都能懂得真正聆聽。

代序

歌聲，是打開每一樁記憶的鑰匙

戴著口罩走在路上的好處是，前後無人時，偷偷唱歌，就算遠遠有人聽到了，也不致太尷尬。邊走路邊哼歌，是我遺失了很多年的習慣啊。

高三畢業前，我和建文走在學校荷花池邊，我唱著李叔同填詞的〈送別〉，建文默默聽著，等我停下來時，她說：「以後走在路上，我身邊的人如果不唱歌，我一定很不習慣吧。」不記得多久之後我戒掉了這個「壞習慣」，好好走路，靜靜走路，不要唱個不停，別人不一定想聽。我只知道中年後回想，我實在好運得過分，我的國中、高中同學們，究竟是怎樣的耐心和善心，包容我這個神經病？

聽著各式各樣的歌曲成長，我的腦子是滿溢的水庫，面對什麼情景，腦袋往往就能嘩地自動流出什麼歌曲。大學時跟外校聯誼郊遊，有段陡坡，我邊爬邊哼李恕權的〈迴〉，有男孩回頭瞅我一眼：「真厲害啊，都喘不過氣了還能唱歌！」我說同學你有所不知，「李恕權的歌最適合爬坡時唱了，不必刻意，自然就能唱出那種上氣不接下氣的效果。」眾人大笑，居然一起大合唱：「有一些聲音（喝！）在我的胸懷（呃！）峰迴路轉（喝！）如此糾纏（呃！）……」

後來有個朋友問我，妳是不是看到什麼東西，都能立刻聯想到相關的歌？「說不定喔，來試試？」他環視我們所在的咖啡館，目光停留在窗邊：「窗帘。」他說。

「這綠島像一隻船，在月夜裡搖呀搖……」

「還真有！」他讚嘆一聲馬上收回：「別唬我，〈綠島小夜曲〉嘛，哪來的窗帘？」

我繼續唱：「讓我的歌聲隨那微風，吹開了你的窗帘……」

「真的假的！」

我還記得那個咖啡館深藍色的厚布窗帘，密密實實擋住外頭的光線，「Longer than every fishes in the ocean. Higher than any bird ever flew......」那時咖啡館正播著丹・佛格柏（Dan Fogelberg）溫柔無比的歌聲。

我經常被讚美的「驚人的記憶力」，那些對話，當時的環境，周邊的物件、人的樣子，以及我當下的心情，總和著背景音樂，一並在我的大腦各處立體儲存著。歌聲，是打開這每一樁記憶的鑰匙。

我害怕這種「特異功能」，隨著記憶體滿載，存取困難，終將退化。當失去了一把一把鑰匙，我便將真正的失去了生命的一部分，一部分……。於是我開筆一系列《我們的歌》之旅。

不僅寫我自己，我也展開了尋訪五年級好朋友的計劃。這段時間，經常和我的老同學、老朋友吃飯、喝下午茶，有時甚至一聊就是四五個鐘頭。他們每人贈我一把鑰匙，任我進入他們的心，擷取那美麗與苦澀的成長片段。如果不是五月疫情爆發（編按：二〇二一年五月中旬，新冠肺炎疫情嚴峻，諸多餐廳停止內用），我應該還會繼續尋訪好友，那麼這本書大概要寫成兩倍的文字量了。因為歌是寫不完的，故事也是說不完的。

謝謝克華、輝龍、小村、余芬、美慧、雅貞、莉萍、歐陽、林秀、阿環、阿聰、小敏、阿泰、二哥、二嫂和Paul。這是你們的歌，我的歌，我們五年級的成長之歌。

目次

卷二、這些日子以來

卷III、Inside of My Guitar

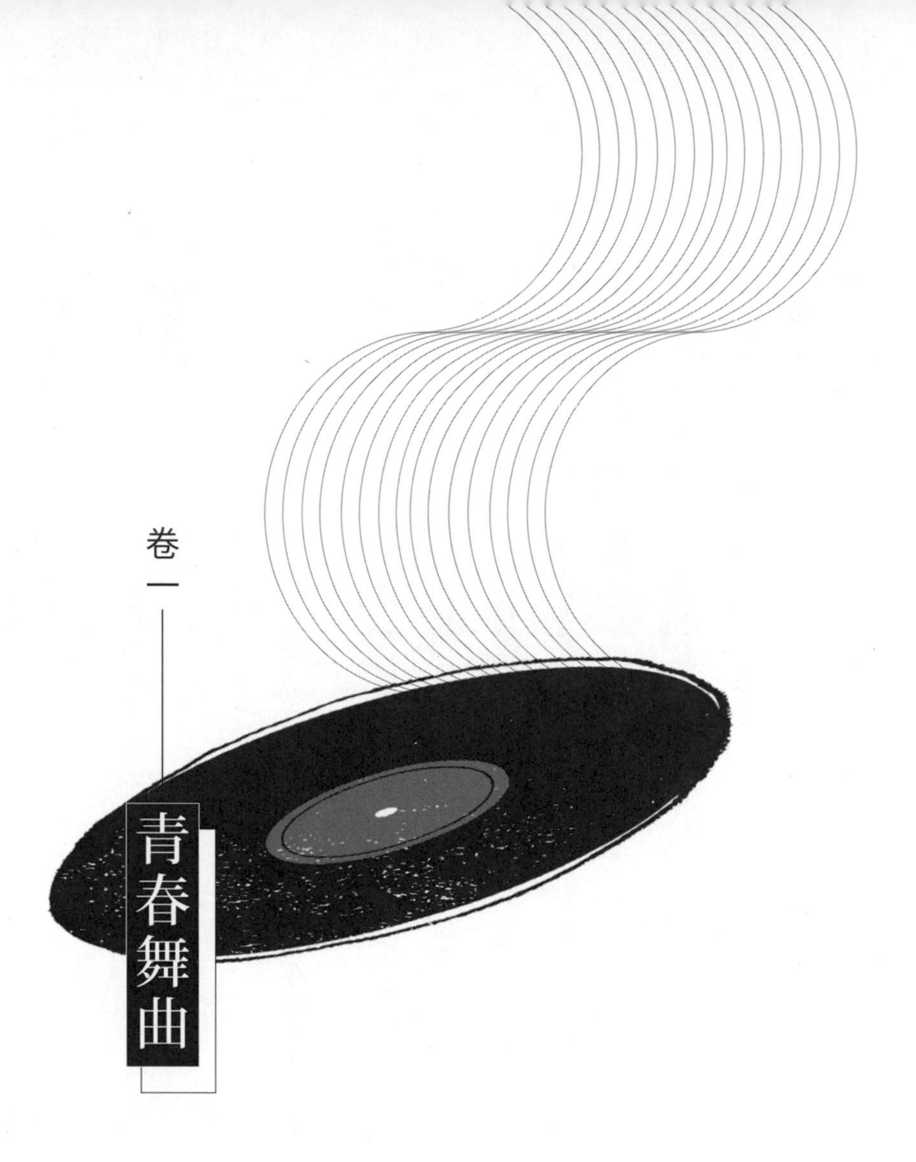

卷一　青春舞曲

青春舞曲

〈青春舞曲〉我們從小唱到大，普及率可能不亞於「哥哥爸爸真偉大」、「妹妹揹著洋娃娃」，而且沒有性別暗示。時間是公平的，青春總會離開你，也會離開我。

小時候唱到厭煩，那時不懂得細細分辨：這首歌第一段每個句子大致是相同的旋律，只有一個句子旋律截然不同，鮮明地跳出來，那是第三句：「美麗小鳥一去無影蹤」。這就是作者要訴說的青春吧，像唐詩絕句一樣，把最重要的動態放在第三句，好比「舉頭望明月」、「夜來風雨聲」。美麗小鳥一去無影蹤，朗朗歌唱的孩子們不會知道，這節奏奔放的舞曲裡，埋藏對時間的深深嘆息。

它的作者是王洛賓，一九三九年從維吾爾民歌改編。

一九八五年羅大佑發行的《青春舞曲》，收錄了這首新編〈青春舞曲〉的演唱會現場錄音。而這張專輯，是羅大佑告別「黑色時期」的紀念品，其實那年羅大佑才三十一歲。

高二那年，我的同學翠月手抄〈光陰的故事〉全部歌詞給我，我們像讀詩一樣咀嚼「春天的花開秋天的風以及冬天的落陽」，不過五年的時間，我還在念大學呢，我們最最親愛的黑色教主已然告別青春，遠走美國，並且行醫去了？我後來看韓劇《請回答1994》裡，「徐太志和孩子們」樂團在如日中天時突然無預警宣布隱退，徐太志遠走美國，粉絲的青天霹靂，我懂，完全懂啊。

當然，一九八八年，羅大佑以《愛人同志》高調回歸，「生命終究難捨藍藍的白雲天」，他的〈戀曲1990〉傳唱全島，洗腦到讓人手足無措。可是青春啊，這殘酷的小鳥是不會回來的。

後來，曾有個男生對我說起他二哥的故事。他二哥功課很好，是要考醫學系的，聯考時卻敗在了他本來很拿手的作文。那年的考題是「燈塔與燭火」。也不是太難啊？他說，他二哥盯著那考題，腦子忽然凍結住了，怎麼也化不開，眼看時間一分一秒溜去，他最後還是胡亂填滿了整張卷子。

「他怎麼填滿的？」

「他默寫〈青春舞曲〉，反覆默寫！」

「青春舞曲？」我哼唱起來：「太陽下山明早依舊爬上來，花兒謝了明年還是一樣的開，美麗小鳥一去無影蹤，我的青春小鳥一去不回來，我的青春小鳥一去不回來，別的哪呀喲噢別的哪呀喲，我的青春小鳥一去不回來。太陽下山——」

「妳別唱了！」他面露厭煩之色，「就這歌詞，他反覆寫滿整張卷子。」

真是飛蛾撲火！這應該是場悲慘的災難，卻神奇擊中我的笑穴，笑到直不起腰來。「有這麼好笑？」「我想像一個十七八歲的男孩，在人生重要的關頭，腦袋忽然莫名卡住，他束手無策，於是滿紙寫下了對青春的訣別……」說著，我笑不出來了，那一刻，我也才明白，人生最好笑的事，有時也是最悲傷的事。

後記——我朋友的二哥沒做成醫生，在航空業發展得很好，他的青春在空中飛來飛去。

長白山上

《長白山上》播出那年我才念小二，不太記得演什麼，只記得他們戴著毛茸茸的帽子，演員吳風、邵曉鈴、郎雄、劉明等人我是認得的，演出時我大概被趕去睡覺了，只牢牢記得這首主題曲（王善為作詞；李中和作曲）：

長白山上的好兒郎，吃苦耐勞，不怕冰霜
伐木採參，墾大荒呀嘛
老山林內打獵忙呀嘛哼嗨嘿喲，哼嗨嘿喲
長白山的東鄰藏猛虎，長白山的北邊有惡狼
風吹草低馳戰馬，萬眾一心槍上膛
掃除妖孽，重建家邦，掃除妖孽，重建家邦！

村子裡的哥哥們都唱成「長白山的北邊有色狼」，我其實連色狼是什麼都不太懂，卻也牢牢記住了。

有些歌，時代過去了，你不會再唱它、聽見它，慢慢就把它遺忘了。但我的腦海對於伴隨旋律的字詞有個奇妙的貯存槽，只要旋律還記得，輕輕一拉，就能一串串拉上岸來。

那年可能已經是高中或大學生了，國中同學聚會爬山，什麼山呢？遺忘了。可能是已經沉在翡翠水庫底的鷺鷥潭，沒有拍照，沒有留下任何足印。我和C並肩走著，C是我們班最聰明的女孩子，北一女，我對她說過妳是天才，她搖搖頭（她挺喜歡搖頭）「我不是天才……」我以為她謙虛，「我是鬼才！」我們在上山的路上，年輕的我體力真好，不但不喘，一路還唱了許多跟山有關的歌，唱到無歌可唱了，這首小時候聽過的〈長白山上〉一字不漏唱了出來，說不定我也是某種「鬼才」？最後一句歌聲拔高，C說：「妳的聲音，是我聽過最好聽的聲音。」非常肯定的語氣，像她說自己是鬼才一樣的肯定。我居然臉紅了，像被喜歡的男孩讚美那樣的心慌。

許多年後，我們一群國中同學又聚在一起，我仍走在C身邊，隔閡太多年，有些同學我仍保持聯絡，C沒有，她跟大家都不太聯絡。大家普遍都已男婚女嫁了，C呢？我知道她沒有結婚，我沒問她有沒有「男朋友」，她太man了，我問的是：「現在戀愛中嗎？」而她回答我：「Never！」「Never？」「Never！」眼神定定地。我嗒然。不知道該怎麼接話時，我想起〈長白山上〉，又唱了起來。「妳的聲音還是那麼好聽欸！」這次我搞笑地唱：

「……長白山的東鄰藏猛虎，長白山的北邊有色狼……」

C朗聲大笑。

純純的愛

仰望天上浮雲，我告訴阿秋，當我覺得孤獨的時候，很喜歡唱電視主題曲〈純純的愛〉，尤其前兩句，每次唱都想哭。我是愛哭鬼阿秋不意外，但是她哼了兩句：

「純純的愛，不知從那裡來，春去秋來……這到底有什麼好哭的啊？」

「妳唱的是電影《純純的愛》，不是電視《純純的愛》，不一樣。」

我告訴阿秋，《純純的愛》是我們小六時的電視連續劇，寇世勳和薛芳演的，男主角寇世勳經歷火災，臉上有傷疤……

阿秋說：「難怪他的皮膚很差……」

「不是啦，是戲裡面有傷疤。怎麼夾纏不清的！」

「誰夾纏不清？是妳說寇世勳經歷火災……」

「我哪記得他戲裡叫什麼名字！」我倆互指對方是桃谷六仙，唉，我的孤獨被破壞了！我好好地唱一遍給阿秋聽：

我像一朵浮雲，在人海中飄零
尋尋覓覓，覓覓尋尋
誰是我的知音？
夢一般和你相逢
編織我們純純的愛
不是占有，只有犧牲
啊～～啊～～啊～～
難忘你的愛情

才不過幾年，我的高中同學阿秋對這首歌完全沒有印象。我後來唱給許多朋友聽，沒有人聽過，彷彿它從不曾存在！但是在當時，這部連續劇很紅，應該是家喻戶曉的。我爸說當初沒有人願意演臉上有那麼大傷疤的角色，破壞形象，寇世勳演了，結果一炮而紅。為什麼沒有人聽過呢？我好孤獨啊！

小六，我還沒有讀過徐志摩，陳秋霞的〈偶然〉也還沒出現。這曲〈純純的愛〉是第一首碰觸我心荒涼地帶的歌曲，好像只要我哼出那兩句「我像一朵浮雲，在人海中飄零」，世界就只有我一個人，我一個人來，終將一個人去。像浮雲那樣輕輕散去……

小甜甜

跟詩人楊澤大哥說起我和一位大我十歲的前輩小說家同月同日生，楊澤非常驚奇，「妳們個性南轅北轍，妳是文壇小甜甜啊……」我噗哧笑出來，我不是小甜甜啦，我已經有人喊我「大姊頭」了耶。

但《小甜甜》是我唯一看過的一套連環漫畫，它在我的少女時光裡真的有一席之地。華視首播《小甜甜》的那一天，正是我十五歲的生日啊！七月炎夏，考完了高中、五專聯考，正等待放榜，我丟開了書本，傍晚守在電視前。媽媽對於我迷卡通影片非常不解，她從不看布袋戲、卡通，說那是「沒血沒淚」的，她要看真人演出。誰說沒血沒淚，安東尼死的時候我可是痛徹心腑！

我整天哼著：

有一個女孩叫甜甜
從小生長在孤兒院
還有許多小朋友
相親相愛又相憐

這裡的人情最溫暖
這裡的人們最和善
好像一個大家庭
大家都愛小甜甜……

（孫儀作詞；周金田作曲）

不過我兩個哥哥都把第二句改成「從小生長在動物園」。這動物園的由來是，我小五那年從暖暖轉學到南港舊莊國小，全家人一起去參觀我的新學校，學校活動中心外牆繪著許多動物，上頭寫著：「我們的動物園」。「哈哈哈！」從此「舊莊動物園」

就成了哥哥口中，我的學校。

《小甜甜》從夏天演到了冬天，我上了景美女中，每天從木柵轉三趟車回到家筋疲力盡，《小甜甜》往往已經播完了。我沒有看到結局。學校裡最要好的兩個新朋友萍和阿秋，她們都愛桀驁不馴的陶斯，而我舉棋不定，三心兩意，喜歡率性的陶斯，又覺得背棄純潔的初戀是不義的，早逝的安東尼就像萊根家庭園裡的紅玫瑰，深深留駐也刺在我的心上。

高二國慶日我們得一大早到總統府前排字，國慶前夕，家住仁愛路的雅貞邀請幾個偏遠地區的同學去她家住一晚。我太興奮了，在漂亮的大廈裡，眼睛東張西望睡不著。雅貞抱來一大落漫畫書讓我儘管看。我沒有姊妹，平日閱讀跟著大哥，一本一本地啃那些新潮文庫的存在主義，根本不知道世間還有這種少女漫畫。那一晚，我通宵達旦把《小甜甜》全部看完，這才知道陶斯之後還有個阿利巴先生，而阿利巴先生其實就是她小時候傷心時，在山丘上遇見的演奏著蘇格蘭風笛的「王子」。原來小甜甜最初暗戀的「王子」根本不是安東尼，是阿利巴先生啊！我躺在床上心潮起伏，睜著眼到天亮。

那時候不會知道，自己的人生，也將奏起和《小甜甜》相仿的旋律。初戀的男友已病逝多年。生命裡的陶斯，如天外流虹。而我的阿利巴先生啊……

你在日落深處等我

秀借我一卷錄音帶，說聲音跟妳很像，妳可以聽聽看。那大約是國三的時候。我上了國中就擁有自己的收錄音機，不記得牌子，銀色的，很漂亮，我主要是用來聽收音機，有些棒球比賽沒有電視轉播，只能守在收音機旁。

更多時候是聽相聲，迷戀魏龍豪、吳兆南、陳逸安的段子，還把它們錄下來。我從小就喜歡讓人發笑的事物、言語，喜歡喜劇。有回跟一位精通中國哲學歷史的作家聊天，他說著幾個孩子從小就浸潤於古典曲藝，我附和：「我兒子也是從小就跟我迷相聲。」他嗯了一聲：「相聲門檻是比較低的。」其實相聲裡的柳活一樣需要曲藝背景，專業的相聲演員往往兼擅戲曲、竹板、評書，知識上則博古通今，還要能逗樂觀眾……看他的表情，唔，他不太笑的。

秀借我的錄音帶是《包美聖之歌》，封面上一位穿著格子洋裝，戴大眼鏡，牙齒微暴，有酒窩，騎在單車上笑得很開懷的年輕女孩。回家放進我的小錄音機，歌聲出來，真嚇了一跳，她的聲音與我……是有些神似。但是她厲害多了，我不知道可以用氣音唱歌，反覆聽，聽她的發聲方式。反覆聽，每晚聽，二哥經過我房間探頭瞧瞧。「我同學說聲音跟我很像，你聽聽看？」二哥拍拍我，要我別想太多：「人家是說長得像。」

反覆聽這卷錄音帶的心得是——原來錄音機裡住著一隻貓，牠會把帶子絞得亂七八糟！我聽見一聲怪叫，帶子卡住了，打開來，天啊，抽抽抽，抽出一團泡麵！用原子筆小心翼翼捲回去，從外觀就可以看到帶子有一段已經不平整了，恐怕再放進卡匣還是會絞帶的。第二天我帶到學校去，跟秀說，「錄音帶被我聽爛了……」秀瞇起眼睛很稀奇地看那卷錄音帶，「聽得很認真喔。我家還有金韻獎專輯，妳要不要聽？」我很不要臉地說：「要！」

我就這樣開始聽校園民歌了。這也可以說是我「錄音帶年代」的開始。《包美聖之歌》第一首〈你在日落深處等我〉（邱晨作詞、作曲），雖然不像〈看我，聽我！〉、〈捉泥鰍〉那樣家喻戶曉，卻是我聽到的第一首民歌，至今不曾遺忘，好像它一直在某處等我，等我的回憶來認領它。我也會用氣音唱歌了：

等待我
像那午夜輕輕的鐘聲
飄在天空去向你訴說
這流水一般的情意

等我等我
你在日落深處等我
落葉晚風寒燈微微
你孤獨的影子在等我……

我的孤獨

室友蓉收到一卷錄音帶，我們都知道是誰寄來的。她放進卡匣，一小段前奏之後男生的嗓音出來：「我的孤獨就是那顆星，像淚珠一樣的晶瑩，撒在黑絲絨的衣襟，在黑暗中等待天明。高掛在天上是我的心，墜落是我的命運，不必為我抱不平，我已習慣那離去的背影……」

「很好聽啊，」我說：「誰唱的？」

「蘇來。」

我熟悉蘇來的〈浮雲遊子〉、〈偈〉、〈月琴〉，不過都不是他本人所歌，這首是什麼？

「好像就叫〈我的孤獨〉。」蓉說。

我們再聽下一首，也是〈我的孤獨〉，再下一首，還是〈我的孤獨〉，翻面，啊，還是〈我的孤獨〉。他錄了一整卷〈我的孤獨〉！我忍不住憐憫地對蓉說：「有人，強烈地想告訴妳他的孤獨耶。」

這個人我也認識，是我的大學長。當年東海的學長制很複雜，有系上的直屬學長，有校友會的學長，比如我的校友會是跟成功高中合辦的「成景校友會」；另外還有個「大學長制」，每一組會有一個學長、一個學姊來照顧一個學弟、一個學妹，像個小家庭，科系打散，他就是我「大學長制」的學長。我已想不起他叫什麼名字了，因為他根本沒有來照顧我，我常說，我的大學長專門照顧別人的小學妹！

蓉跟我個子一般高，清秀甜美，一笑眼睛就瞇起來。我倆同時從哲學系轉來中文系，本來不熟，卻開始相依為命了。也真巧，她的男朋友是我的大學長，那兩年裡，我無奈地捲進了他們分久必合，合久必分的愛情世界。某次蓉到人學長住處，撞見了他的前女友，回來哭著告訴我她跟學長分手了。我陪著她度過難熬的初分手撕裂痛，覺得她好些了。有個週末她不在，我以為她回家去，不，人的腳有慣性，會自動把身體，把腦袋，把心帶回它的慣性路線，蓉又回去找大學長了。

然後再分手，再復合……直到蓉遇見了一個逢甲男孩。新的愛情能治癒傷口，或者說，能把腳的慣性打破，走上新的道路。這時候，學長寄來了這卷錄音帶，反覆錄著蘇來的〈我的孤獨〉。蓉按了暫停鍵，默默取出錄音帶，倒也沒扔，她不是性情激烈的那種人。我說：「借我吧，妳別聽了。」

蘇來的歌聲反覆為他訴說孤獨，我聽得心臟酸麻。第一次，對大學長感到了同情。這天宿舍廣播我外找，羊蹄甲樹下站著身高一八〇的大學長，我一愣：「蓉在啊，要我去找她嗎？」學長搖頭，跟我說他快去當兵了，「對不起學妹，都沒有照顧妳。」唉，這種廢話就別說了。我們沒有聊太久，根本不熟，除了蓉，完全沒有話題。我請高個學長幫我偷摘一片羊蹄甲葉子就跑回宿舍了。不到二十歲的我，已經有一定的世故，懂得無論如何不要「幫忙」別人的愛情。自己的愛情要自己爭取，何況那時我對逢甲男孩還更熟悉一點。

那陣子我正迷剪紙，一把剪刀常連在我的手上，像是剪刀手愛德華。我拿著那葉羊蹄甲，輕輕哼唱，「我的孤獨就是那顆星，像淚珠一樣的晶瑩，撒在黑絲絨的衣襟，在黑暗中等待天明。……」淚腺過度發達的我，淚水滴在剪出的一顆小星星上頭。這片葉子夾在我一大本剪紙作品簿裡，紀念一個因為猶豫反覆而終於失去愛情的男孩。

蓉後來嫁給了逢甲男孩。

機遇

《星期劇院》的主題曲開始唱了，我哇拉哇拉跟著大合唱：「像天空繁星，忽現忽隱，像水面浮萍，漂流不定……」通常這時候媽媽還在廚房忙著，要準備吃晚餐了，演完《星期劇院》，天就黑了。但這一天外頭天色還亮著，屋裡暗暗的，爸爸不知到哪去了，媽也無心做飯，頻頻看著紗門外。

這是一個混亂的星期天，非常熱。中午過後，爸爸喊二哥：「志煒，我們去龍門谷游泳。」影劇六村是海軍眷村，村中叔叔伯伯都諳水性，後山龍門谷有個碧綠湖泊，那年頭也沒什麼外人進來，就像是我們村子的大游泳池。我從家家酒玩具中回過頭清清楚楚說了一句：「游泳會淹死人。」所有人都被雷擊似地一愣，一會兒，世界的暫停鍵重新被啟動，爸往外走，被媽喊住：「小孩子的嘴巴最靈……」他們在蒸騰的午後被我媽關家裡禁足了。我不記得那是我幾歲的事情，但那天的小客廳幽暗也沒開燈，除了我繼續玩玩具，其他人無所事事的煩躁身影在我身前身後晃動，那樣的光影不像是虛構的記憶。

不知過了多久，喧譁從後山漫漫淹至。爸媽、哥哥都擁到紗門口，我從他們的大腿之間擠出縫隙往外看，好幾個人抬著一個身體跑下山，經過我家門前，一路濕淋淋……爸爸的大手遮住我的眼睛……

爸爸、二哥都跑出去關切了。

黃昏後，不知誰打開了電視，我坐在電視機前專心朗朗歌唱《星期劇院》的主題曲。電視召喚家人回家，我口齒清晰唱著：「像天空繁星，忽現忽隱，像水面浮萍，漂流不定，人生的機遇，稍縱即逝，切莫等待，切莫遲疑，切莫因循。像青空白雲，連綿不盡，像江上帆影，迎向光明，美妙的人生，永無窮盡，我心嚮往，我靈渴羨，我願追尋。……」家人饒有興味觀察著我。

長大後才知道小時唱的這首主題曲是一位牧師趙蔚然作詞作曲，曲名〈機遇〉。

《星期劇院》在台視播放，是台灣最早的宗教戲劇節目。後來蔡琴翻唱過，歌詞刪掉了較富宗教意味的段落，我仍習慣原來的歌詞。

二哥也清楚記得這件事，記憶有出入的是，我一直以為那天在龍門谷淹死的是村外不認識的人，而二哥堅持是我們村裡的邵伯伯。也許是爸爸怕我害怕，我問他：「那是誰？」他說：「不認識，外面的人。」

二哥說：「妹是琥碧．戈珀！」（琥碧．戈珀在電影《第六感生死戀》中飾演一名靈媒。）

「別忘了小時候我救過你一命！」

靜夜星空

大一的校內籃球比賽，我被指派上場。這是整人遊戲嗎？我幾乎是被拋到場上的，站在球場上高喊：「可是我不會呀！」看台一片笑倒。

哲學系沒有人要上場，體育老師抓幾個基本動作看起來標準像模像樣的，我竟然就榜上有名了。但是只有動作標準，根本沒有實戰經驗啊。

我的投籃、運球、三步上籃等動作是國中時代練的，那就像練武蹲馬步一樣，真的乖乖練習過，不過就練習到那裡為止了。考試只會考這些動作，不會有一場真正的比賽。

我的國中成績，最害怕的就是體育。體育不及格會留級嗎？我不知道，只知道會很丟臉。我可能天生缺乏平衡感，手腳協調大概也有問題，連平時走路都會撞到東西。貓咪靠鬍鬚保持平衡、探測氣流，我想我就是少了鬍鬚的緣故。體育要考籃球三步上籃（那個年代體育課都以這個名詞教學，其實只有兩步。第三步是出手投籃，之後腳落地為第三步），先邁一大步，第二小步起跳，出手，咦，離籃框好遠，要不就過頭了。好不容易剛好接近籃下，擦板……哎，改成板擦算了！

見我憂心忡忡，和我每天一起放學回家的Annie主動說，以後放學留下來，我陪妳練吧。Annie運動神經很好，後來念淡江時還打過校隊。我念書沒有上過補習班，卻在國中三年裡成為Annie單獨指導的笨學生。從籃球三步上籃、立定投籃、排球托球到羽球發球，每到考試前，就要抱一次佛腳，就這樣關關難過關關過。

練完球，兩人慢慢走回家，路上買個麵包邊走邊吃。我們常買奶油夾心，那種傳統奶油夾心的軟麵包，油膩膩，一定要套在塑膠袋裡慢慢擠出來吃才不會滿手都是，少女卻怎麼也吃不膩。

有時一路唱歌，快到家了還不想分開。我和Annie家隔著一座橋，兩人常在橋頭聊天，吹風，唱歌。會唱的歌唱完了，課本裡的也拿出來唱。啊，那時我的聲音好像還沒脫離童音。有次唱課本裡的〈靜夜星空〉，「一陣大雨剛剛下過，從那寂靜的天空，向地上照下星光，照下無限神祕星光……」Annie說，歌聲像大雨剛下過一樣乾淨啊。這話一直在我心頭，包括在那無助的憂煩時刻裡，有個人對你說：「我陪妳練吧！」這一陪，陪了三年，這些，始終在我心頭。

〈靜夜星空〉是我深愛的一首歌。

網路上查詢，這首歌原是美國民謠，詩人作曲家威廉．海斯（William Hays）作詞作曲，原名〈*Mollie Darling*〉。這是他流傳最廣的一首歌曲，後傳到日本，堀內敬三填詞，更名為〈冬の星座〉。應該是從日本再傳到台灣，一九四六年，由曾任台北市長游彌堅填詞，曲名〈靜夜星空〉。

今宵多珍重

有個男生對我說過，大部分的女孩子都喜歡聽男孩子講當兵的事，沒話講時只要拿出軍旅生活來蓋，女孩子都愛聽，他的結論：「可能因為妳是眷村長大的，看多了軍人，聽多了軍隊生活，完全沒辦法拿當兵的事來唬妳。」其實我爸很少跟我談過往軍旅生活，戰爭太殘酷，他根本不想回憶。而別的女孩子都喜歡聽男生講當兵？我很懷疑，只是她們太善良，不像我直接打呵欠吧。

但我有個毛病，喜歡唱軍歌，許多我先生早已忘記的軍歌，我還能一首一首唱給他聽，好像去當過兵的人是我。我身邊第一次有人當兵，是國三那年，我大哥考上大學後去成功嶺，集訓六星期，那像是個成人禮，回來精壯些，話也說得多一點。大哥小時候真的非常沉默（大概所有的話都被二哥講完了！）他會唱一些軍歌改編的歌詞給我聽，比如「早晨起，肚子痛，拿起臉盆往外衝，刷牙洗臉三分鐘。大便不通，小便不通，拿根通條通一通……」

著名的〈成功嶺上〉、〈成功嶺之歌〉要到下一年（一九七九）才誕生。大哥從成功嶺下來之後，最常哼唱的是一首非常吳儂軟語的歌，〈今宵多珍重〉，說每晚睡前廣播都放這首歌，讓他們放鬆心情，好好入睡。

我上大學後，每年度新開學回到學校，校園裡總有從成功嶺行軍過來的阿兵哥，東海是他們必經的中途站。他們坐在樹下休息喝水，沒長官在時聊起天來，根本像是來遠足的孩子。有回我經過，停下腳步，「南風吻臉輕輕，飄過來花香濃，南風吻臉輕輕，星已稀月迷濛。我們緊偎親親，說不完情意濃，我們緊偎親親，句句話都由衷……」（林達作詞；王福齡作曲）這群男孩居然合唱起〈今宵多珍重〉。看來我大哥時代的晚安曲沒換，一代一代的男孩子都受到這首歌曲的撫慰。

最誇張的是，我停下腳步看了那群阿兵哥一眼，居然有我的小學同學！大概是重考，晚了我一屆，他跑過來打招呼引起同袍鼓譟，本來有點蒼白的男孩，曬得黑黑的，好像變帥了。我被他拉去坐下來，聽他們聊「軍中的事」，我同學是裡面的天兵一族，鬧很多笑話，我聽得津津有味。

其實我不是對「當兵的事」不感興趣，連我哥在部隊裡唱過哪些軍歌我都要問要學的。當年，我明明是討厭那個喋喋不休的男生，在他講了一個鐘頭後打起了呵欠，跟當兵一點關係都沒有啊！

我家在那裡

小村還記得清韻獎比賽那天，吉他前奏之後，她第一個句子：「一切都停了」一出來，台下「哇——」一片驚嘆。那片驚嘆裡，除了她的歌唱技巧，還有一個原因是那低沉的嗓音，跟清純長髮外型上的反差。現在的說法，大概就是長髮美少女低音的逆襲吧。那次比賽，她拿了第一名，唱的曲目是潘越雲的歌，〈錯誤的別離〉。

那是她第二次上台比賽。大一就去參加過，沒有得名，但有一位熱心的學姊聽了她的歌聲，跑來問她，有家民歌餐廳缺駐唱，想去試試嗎？那年代流行民歌餐廳，台北有木船，新竹這家叫作「仙人海」，當時在交大念書的黃國倫也在那裡駐唱。就這樣，小村除了第一個學期向家裡拿錢，之後全部半工半讀。大三再去比賽時，有了餐廳駐唱的經驗，歌唱技巧比較成熟了，上台能夠細膩掌握樂曲，也能感受到歌聲出來後台下的反應。

當我在臉書訊息裡問善歌的小村印象最深的一首歌時，我以為她會說當年一鳴驚人的〈錯誤的別離〉，或是她曾經彈唱給我聽的〈六月茉莉〉，讓我第一次知道原來古老的台語歌這樣美。沒想到她說的是一首小時候的流行歌〈我家在那裡〉（劉家昌作詞、作曲）。

小村是在國中升高中那年夏天，哥哥向朋友借來一把吉他，看到哥哥撥撥弄弄，覺得好奇，拿來玩了一下，好像不難，就跟哥哥的朋友學，學會幾個和弦之後，欸，還可以搭配唱歌，太好玩了。

她學的第一首吉他配樂就是〈我家在那裡〉。這首歌只有四個和弦，很簡單，她第一次嘗到自彈自唱的樂趣，實在太美妙了。她想起小時候畫「我的家」，總是畫一個瓦房，旁邊有片草地，也許有一棵樹，一條河流，天上一兩朵雲，然後有個小孩子站在那裡……

「每當我經過這裡，忘掉一切憂慮，還有一條青青小溪，伴著青草地，順著小溪看下去，木屋站在那裡，那是我溫暖的家，我住在那裡……」彈著，唱著，她就像愛麗絲，一下子掉進奇幻的洞裡……

小村在宜蘭武荖坑，很鄉下的地方孤單地長大。想念書的時候，揹著書包，找個廟，或是溪床大石頭上，看書，發呆，幾乎永遠是一個人。

「我的生活裡沒有太多快樂的事，那時甚至覺得自己不要活到三十歲，三十歲就太老了。中學時還一直覺得自己應該去當修女，或是出家當尼姑，生活實在沒有太大的意義。而當出現了一把吉他陪伴，那就像仙女棒一樣，一點，就鑽進去了。

「當人在孤獨的時候，所有的東西會很仔細地品味它。你會把每一個音符，每一個字眼都放大體驗，就像得到一個珍寶或是稀有的玩具，會一再一再重複地去感受，它們會真正進到你的心裡頭。在那灰色的青少年時期，很感謝那一把吉他，把我轉換到不同的節奏，彈著吉他，唱著歌，感覺可以透過它，進入一個綺麗的世界。」

我問小村為什麼沒有朝演藝界發展？她的低沉嗓音非常稀有，她漂亮，又是高學歷。

小村說，剛畢業時有人找她去唱片公司試唱，但沒有下文，她也沒有留戀，開始了疲憊的職場生涯。反諷的是，她從小就孤單，不善與人互動，然而這輩子所做的工作，空姐、公關、活動企劃，都需要與人接觸。唱歌對她而言，不是比較簡單嗎？

我從年輕時就問小村這個問題，如今我們都來到了中年，還是不放棄追問：「真的不想唱歌嗎？如果那年代有『星光大道』或是『超級偶像』唱歌選秀節目，妳會不會去？」小村肯定地告訴我：「不會，我完全不會。我知道我喜歡唱歌，但專業來講，我的能力還不足，以條件來說，也覺得自己沒有臉蛋。」

「她在講什麼？」

「她在諷刺我們嗎？」我和一旁的英互拍肩膀。

小村無奈地笑，「我是講真的，我比較務實吧。」小村斬釘截鐵地對自己下評語：「我沒有冒險的心。

「從小家庭很困苦，我看著我爸爸事業一直失敗，家裡一直在負債，每次學校要註冊都是媽媽去借錢，連吃飯都是媽媽去賒帳來養活一大家子人。那時候就立志我長大以後不要過這樣的生活。不要把自己的人生押在不確定的事情上。」

小時候的生活，養成小村的憂患意識，她一路在大公司裡工作，薪資是我們這群朋友中最高的，但是在台北這麼多年，她不敢買房子，不敢揹房貸，永遠擔心萬一失去工作怎麼辦？隨時保持自己可能失業的警覺。她說：「我對欠債這件事非常焦慮，就會非常保守。我怕走唱歌這條路，不見得會成功，隨時可能沒有收入，那麼我就不能做到我承諾的責任。我從小看到我媽媽這麼辛苦，我告訴自己，未來會賺錢了，絕對不會再讓媽媽吃苦，我絕對要好好地孝順她。我知道自己很狹隘，很保守，沒有雄心壯志，但是為了做到內心裡許下的願望，就會很小心。因為一踩空，就會回到過去。你坐在那裡吃飯的時候，一排債主在旁邊等著你爸媽回來，要跟他們要錢！那印象太深刻了！就會告訴自己要找個有能力做好的工作，好好地做。」

我們一時嗒然。小村說，「真的，我已經不唱歌了，離開民歌餐廳之後，就沒有再上台過了。」

我不放棄：「很多公司的尾牙都會邀請同仁才藝表演，妳難道沒有去唱過嗎？

都沒有人知道妳會唱歌嗎？」

「沒有。」

「太不可思議，會唱歌這件事就像咳嗽一樣，怎麼能忍得住？」唉，小村啊，妳要不要找一天嚇嚇他們!?

小村是我大學畢業第二年，流浪到一家奇怪的雜誌社認識的朋友。我們這一組共有四個採訪編輯，都是女孩，從民國五十二到五十四年次，年紀只差一兩歲，非常談得來，雖只共事三個月，卻成為一輩子的朋友。那公司究竟如何剝削一群年輕人我已想不起細節，卻還記得在我們集體辭職之後，仍然熬夜把當期雜誌做完，然後開車到福隆海邊，對著大海大聲狂喊。

之後我繼續流浪到一家證券報紙，而小村澈底放棄了對文字工作的嘗試，考上了空姐。放假時，她帶我們到宜蘭老家，那斷斷續續對我們訴說過的灰色青春之地。我還記得那時她經常關節疼痛，我們一度還擔心是紅斑性狼瘡，幸而不是，而且後來神奇地痊癒了。

「我高中時因為關節痛，一個禮拜上不到三天的課，有時痛到不能動，用爬的，可能是免疫系統出了問題，也可能是心理因素。我每次去看關節科，一排都是老人，只有我一個年輕人，吃藥吃到整個臉是圓的。」

小村記起青春期的往事，她那一輩子想做生意而永遠失敗的父親，在她高中時已失智，「他會找人罵，而且是找家裡最弱勢的，我是老么，就總是我挨罵。他總可以找到各式各樣的理由罵，一罵就是兩三個鐘頭，罵到我媽媽回來，一句話：還站在那邊幹什麼？不用寫功課喔？上去啊！我才得救。那時只覺得他個性怎麼變得那麼奇怪，而且愈來愈嚴重。」罵人、打人、妄想，活動力逐漸退化，多年後回想，才知道他其實是病了。在小村上大學不久，父親就過世了。

小村的高中生活，只有兩件事情帶給她快樂與救贖，一個是唱歌，一個是讀白先勇和張愛玲的小說。「讀了《寂寞的十七歲》才發覺，原來十七歲就是這樣子，我生活裡的灰色是正常的。」她念蘭陽女中，在好班裡功課墊底，地理六十分，數學課都在打瞌睡，寒暑假輔導課就找理由不參加，反正身體那麼爛，隨便說個理由就過關。一直到高三下學期大夢初醒，她把所有書本集中在一起編了一個進度表，不去學校溫習功課，像小時候，找一個廟，每天到廟裡面念書。「那些廟沒什麼香火，廟公也不會管你。主要是廟裡面很涼快，家裡沒有冷氣，廟都在山邊，空氣也很好。接到成績單時愣了一下：這是我的成績單嗎？」

小村揹著吉他來到清大。中國語文學系是清大少有的女生科系，班級聯誼可以從一開學就排到學期末，她從未參加，她要打三份工。

別人熱鬧的大學日常，小村往往是默默揹著吉他去民歌餐廳唱歌，唱完再默默揹著吉他回來。最難受的是冬天，新竹的冬天，濕冷的風會鑽進你的衣服裡。那時清大全校只有三千人，冬日入夜後大家都躲在宿舍裡，沒有夜間社團活動，操場上、路上幾乎看不到人影。「有一次，我從校門口慢慢地走回宿舍，那晚天空非常的黑，只有稀少的路燈照出濃濃的霧氣，還下著毛毛雨，一路無人，好淒涼。走著，卻聽見成功湖湖心亭裡有人在吹嗩吶！還吹得真好，聲音非常悠揚，劃破整個空間，悠悠地傳過來……。一個人揹著吉他，在又冷又濕的冬天夜晚，聽著穿過空間的嗩吶聲，我孤獨得快哭出來。」

小村回憶大學生活，其實室友對她很好，回到宿舍也會找她聊天，但白天各自活動。主要是，她實在是太忙了，要做家教，要去餐廳唱歌，還要去圖書館打工，而上課……「上課是我最不認真的一項活動！」

「有一次我睡醒了，已經錯過第一堂課，拿著書本要去上下一堂課，遇到詞曲選的老師……」

我問：「王安祈老師嗎？」

小村點點頭。

「天啊，安祈老師耶，我都沒機會被她教。」

「我知道她真的很棒，但我整個浪費掉了！」小村感傷地說：「我沒有好好念書。那天遇到老師下課，她知道我蹺那堂課，對我說：妳要來上課喔。我很尷尬地說，老師我去上下一堂課……」

不只是經濟壓力，小村懷想那個二十歲的冬天，「我太渾渾噩噩了，沒有珍惜學習的機會，不知道自己在一個好學校裡遇到好老師。我看起來很忙，其實是另一種迷失，當你了解的時候，你已經畢業了。青春都是被年輕人浪費掉的！」

我告訴小村，最懷念我們去她宜蘭老家時，她抱著吉他對我唱那首〈六月茉莉〉：「六月茉莉真正香，單身娘仔守空房，好花也著有人挽，沒人知影伊都氣死人……」我後來陸續聽過許多歌手唱這首歌，再也聽不到那天聽到的醇厚，芬芳。

我知道歌唱對小村而言是什麼，我知道的。

如果所有東西，不是苦的，就是沒有味道的，有一天你嘗到了甜美的滋味，哪怕只是極微的甜，它都會充盈你所有的感官，充盈你整個心靈世界。

小村說：「當我回答妳的問題，在電腦上打出『我家在那裡』這幾個字，當年剛學會這首歌時腦海裡的畫面立刻跳出來了，有綠草，有房子，有風在吹動，有一個人走在河流邊，孤獨地迎著風……」

楚留香

都怪中視，竟然在我們高三準備大學聯考的那個人間四月天，播起了《楚留香》！全台灣百分之七十的人都在看，一到週末，計程車司機不載客，夜市小販不擺攤，我這種電視兒童怎可能不看？看了熱血澎湃，週記拿起毛筆，滿紙楚留香。週記發回來，導師郭謙臣帥氣的紅色小楷寫著七個大字：「斯時留香終銷魂！」

我跟萍說起這事，兩人笑倒，萍說：「不只妳啊，大家週記的心得都是楚留香，有一天郭謙臣就在黑板上寫了兩句話：『莫為香帥空銷魂，且把少秋埋心底！』」

還有這兩句？我不記得了，萍說妳忘了嗎？那時，郭謙臣每天都在黑板右上角寫一句激勵人心的座右銘。

「什麼座右銘？」

「『妳想當南陽街的難民嗎？』『妳想當回鍋的油條嗎？』……」

哈哈哈，我連這事也沒印象，到底是有多混？

我們習慣直呼導師名諱不是不敬，是因為親切。他教我們三民主義，倒更像教國文，常常抄些詩詞格言在黑板上。我投稿給《北市青年》的文章被登出來，他還會在班上朗讀。他知道我整天魂不守舍，也習慣用江湖語言跟我對話。有次我又心不在焉，走路走到跌下階梯，痛得爬不起來，他靠近察看：「令狐大俠怎麼坐在地上？」我快要滴出的眼淚，瞬間逼了回去。

《楚留香》沒看幾集，學校就停課放我們去考前衝刺。那時我剛好讀完司馬中原的長篇小說《啼明鳥》，這部小說有《未央歌》的味道，是以東海大學為背景的青春小說。我像被雷打到，忽然向身邊親友詔告，我要去念東海，要去看夢谷！然後把所有「閒書」收起來，也不去學校了，每天讓媽媽幫我做一個三明治，朝九晚五到台大圖書館念書，兩個多月後放榜，我吊車尾考上東海哲學系。

大約就在放榜後的那個週末，迎來了《楚留香》的完結篇。我坐在電視機前，大聲跟著原野三重唱的男高音王強高唱主題曲：

湖海洗我胸襟　河山飄我影蹤
雲彩揮去卻不去　贏得一身清風
塵沾不上心間　情牽不到此心中
來得安去也寫意　人生休說苦痛
聚散匆匆莫牽掛　未記風波中英雄勇
就讓浮名　輕拋劍外
千山我獨行　不必相送！
啊——獨行不必相送！

我安然渡過了那個可怕的龍子龍女大會考，潮濕的夏夜，卻真能感到一身清風。想到自己已是從籠裡飛出的小鳥，我歡喜得做夢都在笑。雖然後來學長說，哲學系畢業的出路是去賣綠豆湯，但那一刻，啊，就讓浮生煩惱，輕拋劍外！這首主題曲我至今心煩時仍會從腦海裡翻出來唱一唱。

其實《楚留香》我只看了頭、尾。我對於古龍和金庸的接觸形式剛好相反，古龍是先看電視劇，國二時就看了《絕代雙驕》，愛死了演小魚兒的夏玲玲，高三斷續看了鄭少秋的《楚留香》，大一每個週六晚上跑到宿舍交誼廳看衛子雲演的《小李飛刀》，之後才去找原著看。電視劇與小說之間，似乎沒有太大的扞格。金庸則是一開始就從小說進入，後來所有金庸小說改拍的電視劇、電影我全部覺得觸目驚心，光看人物的扮相就摧毀我的想像，誓死不看。也許不是演員的錯，也許是因為古龍小說演得出，而金庸小說演不出來吧。

祈禱

〈祈禱〉不是我在表演時會挑選的歌，除了它的音調太平，沒有高音可飆；它不是宛轉的小調，能炫耀音色，還有個背後的原因。

〈祈禱〉是日本古曲改編，據說原是搖籃曲調，悠悠緩緩，是清風，吹拂微微擺動的搖籃。這幾天，我卻不停地在心頭哼著這支歌。

在許多災難中，總會看到對於亡者各式各樣的報導：她青春正盛、他剛剛喜獲麟兒、他們新婚燕爾、他才從工作崗位退休下來，剛為真正的理想跨出了一步……親人的淚水，同事的驕傲，鄰里的不捨，一張張他出遊的照片、她聚會裡的笑容，讓我們短暫地，在最後的時光，彷彿也參與了他們的人生。然而在這一次新冠肺炎疫情中，這類報導相當稀少，除了一位立委前助理、一位開心住進平生不曾住過「這麼好的旅館」的奶奶，訊息少之又少，看到的是數字，是代號。一切來得太快，快速地火化，連道別都不及，親人也都隔離中，低調又低調。彷彿連記憶都被封鎖，這些突然離世的人，連最後被勾勒的畫像都沒有。

我心頭一直縈繞的這首〈祈禱〉，是形象端麗的翁倩玉，她的父親翁炳榮先生填詞，送給她的歌。那年（一九七四）翁倩玉主演台視的電視劇《愛的旋風》，〈祈禱〉是主題曲，後來由麗歌唱片公司出品。

小時候家裡有這張《愛的旋風》卡帶，印象裡〈祈禱〉是B面的第一首。我跟著唱習慣了，每唱起這首歌，咬字會自動跟著翁倩玉一樣，帶一點日本腔。

大學有次夜遊活動，大夥圍著唱這首歌，我身邊一位物理系的男孩忽然問我：「妳是僑生嗎？」同學們大笑，「她可伶牙俐齒的咧！」男孩說，「妳知不知道，這是翁倩玉的爸爸為她寫的歌？」那是我初次聞說此事，再細細品味歌詞：「讓歡喜代替了哀愁呀，微笑不會再害羞，讓時光懂得去倒流，叫青春不開溜。讓貧窮開始去逃亡呀，快樂健康流四方，讓世間找不到黑暗，幸福像花開放……」

這每一句歌詞，都是一個父親給予兒女最樸實、最深切的祝福。那年我「離家」去東海念書，父親給我的家書，第一句話：「妳從小弱不禁風……」我忽然泫然語塞。父親過世之後，更是再也不敢唱這首歌。

這一個初夏，疫情來得凶猛，每一天，我只看到冰冷的數字，它是父親？母親？兒子？女兒？我無從想像。

〈祈禱〉是一首搖籃曲，我想輕輕唱給這個世界聽……

樓台會

在新冠肺炎疫情中學會許多事。遠端操控電腦、Google meet線上開會，手機上校對版面，錯字截圖，用手指頭在螢幕上圈圈改改回傳，年輕同事笑說：「宇文姊有新招了。」老狗玩新把戲，我學著韓劇裡經常出現的台詞對先生說：「人活得夠久，什麼事都會遇到啊！」有時覺得沒有下班時間，早起就開始工作，但大部分時間足不出戶，又有種放了長長的假的恍惚感。

做飯時哼起〈樓台會之二〉，可能幾個月前才跟詩人陳克華合唱表演過，不知不覺就哼起它：「我為你淚盈盈，終宵痛苦到天明……」咦，我想起來，學唱樓台會，正是在我生命裡最早的那個「防疫假」。

疫苗短缺，看到人們搶打疫苗，我私心裡知道，就算輪到我可以打了，也一定不是那種最快去報名搶打的人。實在是因為我太怕打針了。不只是怕痛，小時候打預防針，我記得同學們照樣活蹦亂跳，我的反應就是特別強烈，手臂沉得像綁了鉛塊，並且幾乎一定會發燒。我原就是容易發燒的人，哭得太厲害，忽然失水太多也發燒。

好像是小三時，打了預防針，夜裡發燒，第二天奄奄一息如罹大病，媽媽給我請了假，這大概就算是我的第一個防疫假吧。白天媽媽上市場去，我燒退了，搖搖晃晃爬下床，坐在客廳唱機前搬出那套《梁山伯與祝英台》。以往都從前頭聽，熟悉的是歡快的〈英台十味藥〉、〈遠山含笑〉、〈十八相送〉，這時全身酸軟，隱隱有小少女的自憐，刻意挑了後面的〈樓台會〉、〈哭墳〉，淒淒切切跟唱起來。

後來我一人分飾兩角，唱〈樓台會〉給家人聽，我略有模仿天賦，唱山伯時，也能學凌波的唱腔，爸爸十分驚喜，要大家看：「你們妹可以去唱小生，扮相多俊啊！」兩個哥哥哈哈哈：「那麼大聲還唱『小聲』！」

《梁山伯與祝英台》電影上映時我還沒出生，前輩作家每說起當年如何癡迷，我其實只有來自唱片的記憶，而不是畫面。凌波訪台如何的萬人空巷，甚至出動軍警維護秩序，於我都只是傳說。但〈英台十味藥〉、〈遠山含笑〉、〈十八相送〉、〈樓台會〉這些黃梅調的段子，卻陪著我玩家家酒玩了半輩子，各種的表演場合裡，它永遠是最能引起共鳴的曲子。作家舒國治在〈台北的文藝厚度，扎根在六十年代〉這篇文章中甚至認為，「這部片子對太多人的音樂與文藝薰陶教育，絕對太大太大」。而黃梅調這種地方戲曲，「比京劇、粵劇、梆子、秦腔等更平易近人，卻又南北融合，造成它的親和性溫暖了無數緬懷故園鄉土的渡台百姓」。

去年（二〇二〇）跟陳克華在九九重陽的「文藝雅集」上獻唱〈梁山伯與祝英台〉。後來大家說我唱到快要掉下舞台了！一定是唱得太悲傷了吧，我選的正是樓台會裡最悲的這一段〈樓台會之二〉。「信難守，物難憑，枉費當時一片心。心似火，手如冰，玉環原物面還君……」克華說他小時候都不敢看後面的部分，尤其不敢看〈哭墳〉。不過我請他帶一個環狀物來，唱到「玉環原物面還君」時拿出來給我，可以化悲為喜，讓台下笑一笑。我說那環可以大一點，愈誇張愈好。他給我帶了一個甜甜圈！

奈何

打完新冠肺炎的疫苗，遵醫囑不要太快吃退燒藥，一點微燒讓身體產生抗體。誰知這疫苗反應驚人，一下就燒到快三十八度，趕緊吃顆普拿疼，但已煞不住，午夜狂奔，到三八．九度才回頭。向我的抗體打聲招呼：你們好，軍容頗壯盛了吧？

臉書上大家規勸快躺床上休息！我驚慌逃到床上，然而平日不到十二點不睡的人，十一點就上床，根本是製造失眠，後悔應該賴在客廳當沙發馬鈴薯亂看電視的。用床頭音響，李歐納．柯恩（Leonard Cohen）聽聽換蕭敬騰，蕭敬騰聽聽換江蕙，江蕙聽聽換曾昱嘉……最後翻出《但願人長久——鄧麗君十五週年紀念集》，什麼時候買的？三片CD共五十二首歌夠我度過漫漫長夜了。鄧麗君的歌聲，是母親一般的存在。溫柔的歌聲裡，我想起小時候發燒，半夜媽媽起來查看，是以額頭碰我的額頭來感覺體溫。

有一些歌手，是年紀稍長才慢慢懂得欣賞的，像費玉清、江蕙、鄧麗君，少女時，覺得都是靡靡之音。不知幾歲開始，才領悟他們的歌聲何以能夠撫慰人心。人的耳朵喜歡的頻率、波長，比什麼都直覺，不需要知識，完全騙不了人。

鄧麗君可能是最多人模仿的華語歌手，我聽過許多人模仿得微妙微肖，但就是知道那是模仿。她過世的那一年（一九九五），我在電視上反覆看她的各種表演片段，特別是她勞軍時的演出，忽然明白那些模仿者少了什麼。她們模仿她的音色，特別是那帶著水分上勾的尾音，然而有種氣質難以模仿。她七歲就嶄露頭角，十一歲就開始在各種比賽奪冠，幾乎可以說是為歌而生的女孩。她唱出自己的聲音，她的溫柔裡有傲氣，有種堅決的意志力，揀盡寒枝不肯棲。模仿者明知是模仿，沒有那種自信颯爽。

鄧麗君病逝時僅僅四十二歲，唱紅的歌單龐大驚人，隨便數數：〈月亮代表我的心〉、〈我只在乎你〉、〈小城故事〉、〈何日君再來〉、〈甜蜜蜜〉、〈夜來香〉、〈我一見你就笑〉、〈千言萬語〉、〈原鄉人〉、〈南海姑娘〉、〈假如我是真的〉、〈採檳榔〉、〈你怎麼說〉、〈路邊野花不要採〉、〈在水一方〉、〈獨上西樓〉……真要我選擇最喜歡的一首，每一首都難以割捨。發燒失眠的深夜，一直聽到了這首李達濤所作的〈奈何〉，「有緣相聚又何必常相欺，到無緣時分離，又何必常相憶……」覺得最能表現鄧麗君深情又瀟灑，柔情裡有冷傲的氣質。而她短暫的一生，輝煌璀璨，卻總令我感到，寂寞沙洲冷。

蝴蝶

某年，一位監獄寫作班的學生坤給我寫信問起一事。張愛玲《流言》中的〈炎櫻語錄〉裡，「我的朋友炎櫻說：『每一個蝴蝶都是花的鬼魂，回來尋找它自己。』」而他讀到另一個說法，泰戈爾的《漂鳥集》裡也有「蝴蝶是花的鬼魂，回來尋找她自己」之語。他說泰戈爾在張愛玲出生（一九二〇）之前已獲諾貝爾文學獎（一九一三），「張愛玲怎會不知此句話的出處？」

我愣了愣，四處翻找各種《漂鳥集》版本，發覺泰戈爾並沒有說這句話。信件往復與坤討論，才知道他所讀到的是一位大陸作家的引言，看來是那位作者憑印象寫錯了。坤在獄中無法隨心所欲查閱資料，自然找我詢問。謎底解開了，但其實他的疑問不無參考價值，重讀《漂鳥集》與〈炎櫻語錄〉，發覺炎櫻的句子確實有泰戈爾的味道。譬如炎櫻說：「月亮叫喊著，叫出生命的喜悅；一顆小星是它的羞澀的回聲。」與泰戈爾說：「你在月光下送給我的情書，那小草上的淚珠，就是我的回答。」句法也有些神似。炎櫻有印度血統，那時又只是個大學生，模仿大詩人也是可能的。

坤是一位聰明、認真的學生，我上課時他和一位喜愛寫詩的小林總是坐在最後一排，對我說的話頻頻點頭，令我感到安心。小林對詩有天賦，我曾特別指導他寫詩。小林後來出獄，家人協助他在東部開了一家茶藝館，多年不見，不知是否安好？坤在信中說：「是妳把他拿槍的手，變成寫詩的手。」這話使我怔忡許久。我曾想過，如果要我選出一位獄中最「不像」受刑人的學生，我第一個就會選小林。我從未問過他為何入獄，他假釋出獄後，坤才告訴我，小林曾是十大槍擊要犯之一，那時他剛剛成年。在槍與詩之間，我真的驚詫。

槍與蝴蝶，我則有過一次驚心的直面。

高二那年軍訓課打靶。至今猶記得在三張犁靶場上，當我趴下扣板機瞄準時，眼前草地上，一隻小巧的黃色粉蝶在我的視線正前方飛舞。我迷迷糊糊被催促著打完六發子彈，站起身向四野望去，不見黃色粉蝶。

那麼準麼？還是根本是我的幻覺？我始終迷惘。

坤的信引起我的思索，人與蝴蝶之間的糾葛。在中國，那是從莊周夢蝶就開始了。歐陽修的〈望江南〉寫蝴蝶：「天賦予輕狂」、「纔伴遊蜂來小院，又隨飛絮過東牆，長是為花忙」。宋詞裡處處蝶影翻飛。

中國人愛蝶，反而泰戈爾諷刺它：「蜜蜂吮吸花蜜，當它離開時便嗡嗡地鳴謝著；華麗的蝴蝶深信，花朵應該好好地向它道謝！」

英國女作家達夫妮．莫里哀（Daphne Maurier）的小說《*Rebecca*》，後來被希區．考克拍成電影，台灣卻譯名為《蝴蝶夢》。那書與蝴蝶其實並無關係，電影裡也沒有蝴蝶的意象。都是我們的一廂情願。

普契尼的歌劇《蝴蝶夫人》（*Madama Butterfly*）裡，美國軍官平克頓喊道：「我的蝴蝶，妳的名字取得真好，纖巧的蝴蝶！」那日本藝妓蝴蝶顫抖地抽出雙手：「人們說在外國，蝴蝶如果落在人們手上，都會被針釘在木板上。」「你知道為什麼嗎？

為的是不讓它飛掉。」這一幕真讓我渾身難受。中國人對待蝴蝶和善多了。

我想法國人也愛蝶。莊子夢為蝴蝶，「栩栩然」那麼快樂，後來讀鮑比（Jean-Dominique Bauby）的《潛水鐘與蝴蝶》（*Le Scaphandre et le Papillon*），法國人也以蝴蝶象徵生命本質的自由。

中國人真的是相信蝴蝶自由的本質，否則《梁山伯與祝英台》最後的結局就不會是那對蝴蝶了。還記得那年我和乾妹妹一起去聽梁祝音樂會，出來時，乾妹妹說：「如果銀心跟四九跳下去，是不是就變成一對蜜蜂飛出來？」我倆為這無厘頭的話笑得把殉情的悲傷都掃空了。

中國人對蝴蝶的憐愛好像是沁入骨頭裡的，二胡演奏家張銳與朱踐耳合寫過《蝴蝶泉組曲》，素材來自雲南白族的民間傳說「蝴蝶泉」，一對戀人反抗惡勢力的壓迫，最後投泉自盡，化為一對蝴蝶，每逢春天三月，才得在泉邊相會——怎麼殉情的中國人老變成蝴蝶呢？羅密歐與茱麗葉就什麼也沒變。是不是中國文化裡比較無法忍受徹底的悲劇，要為悲劇尋找昇華的空間，不約而同都選上了自在美麗的蝴蝶？

近二十年前曾有一本《五年級同學會》出版，「年級」這有趣的世代界分名詞傳播開來。基於是五年級的一員，我也找來一讀。書中關於音樂提到了羅大佑、瑪丹娜、〈*We Are the World*〉和蔡藍欽等等，可惜沒提到《梁祝小提琴協奏曲》。我想，在那年代裡，大概再也找不到像這樣分明被查禁、卻近乎大學生人手一卷的錄音帶。

那時的《梁祝》常見兩種版本，一種是沙鷗版的《殉情記》，一種是封面繪著兩隻彩蝶的《*Butterfly Lovers*》，演奏者皆不詳。有時從外頭回到宿舍，一路走來，斷斷續續老聽見那宛轉、淒切的小提琴聲。

《梁祝》的盛行，在當時有著挑戰禁忌的意味，仍然保守的一代，唯有隨蝶化飛出框架。而這首在自卑的中國人「西體中用」心理下、文革期間誕生，一度做為中共政權建立十週年獻禮的樂曲，在兩岸的命運都是扭曲的。在台灣，解嚴前是盜版品，沒有作曲者、演奏家的名字；在大陸，也曾從天堂掉到地獄，它後來受批判，陳鋼為它住過牛棚、下放勞改。可是它無疑是最受歡迎、流傳最廣、演出最多的一首中國樂曲。

它也為一些人扮演了音樂上的引領角色，至少對我就是如此。從聽校園民歌到接觸國樂，我是踩著《梁祝》這塊踏板跳過去的。從這個意義上來說，它的作曲者何占豪、陳鋼這些音樂家們倒是成功了。當年那個合作的團體有個有趣的名字：「小提琴民族化實驗小組」。他們把紹興越劇的音樂色彩，置入西式奏鳴曲的框架中。多年後，許多人因為它而喜歡上國樂。大一室友婷婷說：「《梁祝》聽久了有點膩，反而喜歡背面那些中國小曲，簡單的和弦，怎麼那麼美。」她指的是《殉情記》的版本，B面有〈漁舟唱晚〉之類短曲，也是小提琴的中樂西奏。

從前的錄音帶不經保存，早都丟光了，我手上現有的幾個《梁祝》CD版本，並排一看，居然每一張封面上都繪著蝴蝶。有一張是類似當年《*Butterfly Lovers*》封面上兩隻蝴蝶飛舞的水墨畫，有一張是一隻蝴蝶停棲在小提琴的弓上，還有一張雖以演奏家照片為主視覺，但在「梁祝」兩個字底下壓著一隻彩色的蝴蝶。

蝴蝶、蝴蝶，生得真美麗。

我記憶所及，生命裡第一首學會的歌，大概就是〈蝴蝶〉（曾春嬌作詞；Mandark

Ravel作曲）。我是肢體殘障對跳舞非常害羞的人，然而小時候每唱〈蝴蝶〉必然手之舞之，足之蹈之。彷彿年幼時便已由蝴蝶啟悟自己生命追求的天機：自由，美麗。

蝴蝶，蝴蝶
生得眞美麗
頭戴著金絲
身穿花花衣
你愛花兒
花兒也愛你
你會跳舞
它有甜蜜……

閃亮的日子

這是一篇「遲到」的稿子。

收到白先勇老師《臺北人》五十週年紀念版的簽名書，我把書封、白老師的簽名，搭配一篇十年前寫的〈一把青〉貼在臉書上，做為鐵粉的祝賀。不料，底下的留言不停劃錯重點，對於白老師寫的「文正存念」意見很多，有說：「原來已經賜號文正啦！」，有說「宇文是複姓耶」，詩人吳耀宗留言：「會不會是贈予劉文正的？」我答：「誰幫我找到劉文正，我親自送過去給他！」小說家陳輝龍接著提問：「白老師要妳幫忙寄書給劉文正？（《我們的歌——五年級點唱機》有文正哥的歌嗎？）」唉呀，一語驚醒夢中人，宇文正竟然忘了點劉文正的歌！

我們這一代，誰小時候不曾偷一捲捲筒衛生紙，披在脖子上當作白色長圍巾，戴頂衣櫥裡爸爸從來沒戴過的黑帽子，伸出食指指著前方，張口過度咬字地唱：「我曾為他許下諾言，不知怎麼能實現，想起他小小的心靈，希望只有這麼一點點……」我國中時，華視的《劉文正時間》收視率百分之八十幾耶。看啊，我當然看！

我應該小六就愛上劉文正了，那年聽他唱〈閃亮的日子〉，對我而言，這很可能是脫離流行歌曲，即將進入民歌年代的前奏曲，儘管那時我並不知道詞曲作者羅大佑何許人，這首歌為我預約了四年後的《之乎者也》以及往後，所有羅大佑的歌。「我來唱一首歌，古老的那首歌，我輕輕地唱，你慢慢地和。是否你還記得，過去的夢想，那充滿希望燦爛的歲月……」這首古老的歌，從我純真的十四歲走來，十四歲的女孩，其實已懂得憂傷，唱著「但願你曾記得，永遠地記得，我們曾經擁有閃亮的日子」，便已憂患，還未到來的「閃亮的日子」，有一天是要失去的。

還是羅大佑寫的〈風兒輕輕吹〉，被白馬王子劉文正柔軟的嗓音在耳邊輕吹，天天天天地吹：「春天的花是顆小蓓蕾，夏季裏豔紅的更驕媚，秋天它花瓣兒處處飛，冬季裡心碎是為了誰，風兒你在輕輕的吹……」

我一直是愛著劉文正的，因此在極少數的愛情國片記憶裡，卻曾在應該是如臨大敵的高三寒假，跟同學走進電影院看劉文正、呂秀菱主演的瓊瑤電影《卻上心頭》，並且曾買過這卷卡帶。《卻上心頭》專輯裡有一首小歌非常可愛，叫作〈遲到〉（陳彼得作曲、作詞）：

「妳到我身邊帶著微笑，帶來了我的煩惱，我的心中早已有個她，喔她比妳先到……」這是一首抱歉的歌，發給女生好人卡的歌，「愛要真誠不能分享，喔對妳說聲抱歉，喔！對妳說聲抱歉！」在四十年前，多麼紳士，多麼君子。

卷二

這些日子以來

這些日子以來

安全脫離疫苗反應暴風圈，不再發燒了。不過這幾天收到各方的祝福／揶揄詞似乎都在向我點一首歌：〈我還年輕〉！（按：有此一說，愈年輕者，接種疫苗反應愈劇烈）談五年級的歌，怎能跳過張清芳？她清亮高亢的嗓音，真的是老天爺賞飯吃。她的〈簾後〉、〈出嫁〉、〈*MEN'S TALK*〉……都是我的K歌保留曲目，還有這首女女對唱的〈這些日子以來〉（陳文玲作詞、作曲）。

那年我跟玫爬上家附近的三清宮，吹著涼涼的風，我們合唱了好多校園民歌。她拿出隨身聽，張清芳剛出版的專輯《激情過後》，要我聽A面第三首〈這些日子以來〉，讓我仔細聽歌詞，我驚呆了。這是有故事鋪陳的歌詞，恰好是玫當時的處境。

她跟男友G一直是遠距戀愛，大一到大四，在一起三年多。G是登山社的，玫跟我一樣四體不勤，說到登山，我們的反應一樣的欠揍：那洗澡怎麼辦？G登山去，她從不跟隨。有一次，G去走能高安東軍，下山時立刻打電話給玫報平安，她語氣平淡，讓G感到不被關懷。玫說，要我怎麼回應？我說登山真危險，他生氣，說我不懂得走向山的心情；我盡量平常心，又覺得我不牽掛他的安危！他爬他的山，我學我的古箏，有問題嗎？我難以回應，那時我的男友也是山棍，我說，介紹他倆認識，讓他們一起去爬山吧，其實那時我男友已當兵去了。

玫跟G一在台北一在台南，一兩個月才見一次面，平日就寫信。大四，G的信上出現了一個登山社的小學妹，之後，就是這首〈這些日子以來〉范怡文唱出的心情了。我們把錄音帶放出來聽，兩人頭靠頭看那好小張的歌詞，我唱張清芳，玫唱范怡文的詞，唱著唱著，「請你告訴我」「我問我自己」，眼淚啪答一聲，滴在我握著歌詞的拇指上。

三年後，玫出國念書前，約我陪她去G的新家，拿回她四年來寫給G的信。G貸款在三峽買了房子，坐落大廈頂樓的兩房一廳，從陽台可眺望祖師廟。玫通過教師甄試，又決定赴美念書，三心兩意，我是天天在換工作，沒想到G是我們這群朋友中最早安穩下來的，才退伍不久，居然連房子都有了。是和小學妹的新家嗎？我怕玫傷心，不敢多問。以為玫是怕尷尬才邀我一起來，沒想到他倆相處自然，像老朋友一般，等到G把信拿出來我才明白為什麼要我同行，那些信裝滿一大口行李袋！

我和玫分握兩邊把手，慢慢把那袋行李「搬」出G的社區，我蹲在路邊狂笑起來：「妳是在寫情書大全嗎？」玫跟著我笑出眼淚：「寫了四年耶！」「我找工作寫自傳，都寫不到三百字！」兩個情感飄盪的女生，靠在前男友社區牆頭瞅著一大行李袋情書，噢，那裡面裝著玫的青春和愛情……

又兩年，我也來到美國。玫已結婚，定居聖地牙哥。感恩節前，他們夫婦特地開車來洛城帶上我，一起去優勝美地（Yosemite National Park）。深秋的優勝美地宛若仙境，我嘆口氣，台灣高山的景觀，這裡開個車就看到了。玫說是啊，「丹佛的派克峰（Pikes Peak），四千公尺，開車就可以上去了！」她說得咬牙切齒，好像搶走她前男友的，是台灣那些高山。趁著她老公去買咖啡，我終於忍不住問玫：「有G的消息嗎？他跟那位小學妹結婚了嗎？」

玫搖搖頭：「從來就沒有小學妹。」

「什麼意思？」那年玫熱騰騰的眼淚滴在我拇指上的觸感，彷彿都還未消失啊。

玫凝看遠方的花崗岩，像是要從中辨認出什麼，輕聲地說：「是學弟……」

張三的歌

大年初一坐在電腦前，想許願，腦袋裡卻浮上李壽全〈我的志願〉：「沒有煩惱，沒有憂愁，唱出我心裡的歌……」在此刻，我一篇篇書寫著「我們的歌」的當下，算是很貼切的心願吧。

〈我的志願〉是我大學剛畢業那年（一九八六）夏天推出，李壽全個人專輯《8又二分之一》中的一首，雖然李壽全創作、製作了無數好歌，發掘太多的歌手，但幾乎都隱身幕後。這張專輯推出時，電視上經常能看到這個大鬍子男人，之後就極少再見到他露面了。

那時我在一家標榜國內第一本男性時尚的《風尚》雜誌工作，雖說是時尚雜誌，其實總編輯賴瑞卿先生腦中的想法，根本是個文化雜誌。他曾要我去採訪《杜月笙傳》

的作者章君穀先生；才剛剛解嚴，我們就全員到綠島做了專輯。也許因此，定位不夠明確，後來轉手給華尚集團，不久我也就離職了。

那是我工作生涯中很疲憊，卻非常珍惜的鍛鍊期。疲憊是因為人手不足，每到出刊前必然熬夜，除了編輯工作，還幫同事改稿。賴先生欣賞我的文筆，工作不到一年就升級加薪，頭銜變成「資深編輯」，名片遞出去常讓對方一頭霧水，田文仲第一次拿到我的名片時，笑得一臉皺紋：「小妹妹妳幾歲？怎麼就資深了？」

說到「鍛鍊」，我這一生從未在那麼短的時間之內，接觸過那麼多不同行業的人才，每個月封面故事換個主題，我就換一群採訪對象，人脈重新建立，東奔西跑，上山下海。我後來在副刊一做二十年，每天接觸同一種人（不就是作家嘛？）對於《風尚》時期的工作生活，其實是懷念的。

而最懷念的一群人，就是那群從事冒險運動：潛水、滑翔翼、風浪板的運動家。有回陳克華在LINE裡貼演員田文仲的照片，我回他：「我跟田文仲去潛水過喔！」克華回我一句：「妳真是豔福不淺！」其實是浮潛，我沒受過訓練怎可能潛水，但田文仲說，妳一定要下海試試，親眼看到，才能體會我說的水下之美。他非常熱心地帶我到北海岸，讓我戴上有一根呼吸器的潛水面罩在海面飄浮，我不太會游泳，他答應我絕不放手，希望我放心大膽地「看」。光是看到那些彩色的熱帶魚，我就要尖叫了。他介紹了我更多的玩家，有一段時間，我大量採訪這一群奇特的運動家。

有位郝先生，後來在飛行滑翔翼時失事過世，我曾以同名的散文、詩〈氮醉〉寫他。還有位證券公司的張總，公司在重慶南路一帶，也非常健談。他倆都是同時玩滑翔翼和潛水的人，都是證券公司高層主管，外型都稱得上俊帥挺拔，他們的背景使我好奇。張總辦公桌上還有他的全家福照片，我問他：「家庭美滿，事業有成，為什麼那麼喜歡外人看來非常冒險的運動？」他頓了頓，從桌上拿起一卷錄音帶放進書架上的音響，要我聽聽這首歌，正是李壽全的〈我的志願〉。

張總在我面前跟著哼了起來，「很小的時候，爸爸曾經問我，你長大後要做什麼。我一手拿著玩具，一手拿著糖果，我長大後要做總統……」他說這首歌詞寫得很好，他從小就是第一名，第一志願，從建中到台大到美國。有一天，不記得是哪一天，忽然非常絕望地發現自己根本不知道想做什麼，他只是避開了長輩期許而自己確定不想做的事，不要讀醫科，不要讀工科，不要讀法律，不要搞政治，於是念了台大國貿，然後理所當然地去美國拿了ＭＢＡ，回來也毫不困難地找到好工作，然後，忽然發現自己平凡得不得了。這種感覺很不好受，他在證券業，每天看著許多人埋首金錢遊戲裡，從股市大亨到菜籃族，每個人都那麼起勁，他卻發現自己完全無感。恰好朋友郝呼朋引伴去學滑翔翼，他們都有運動天分，不太吃力就上手了。飛的時候，皮膚跟空氣的摩擦，心臟配合氣流的跳動，都讓他感到生命裡極少擁有的快意；等到高度夠了，靜靜滑翔，俯瞰著大地，你看到世界不同的比例，浮世有形的事物都只是細小的點、線，那一刻心裡的平靜，不是因為看不到，而是因為看得遠。這種感覺不久就上癮了，一次一次，還想再飛。

我們聊了一個下午。週末，我整理採訪稿，把他的訪問播放出來，當時的男友好奇跟著聽，聽到〈我的志願〉那首歌，也一起哼唱，唱完嘆口氣：「這歌寫得真好！」奇怪，男生都喜歡這首歌嗎？

其實《8又二分之一》裡我最喜歡的是〈張三的歌〉。那時並不知道這首歌背後悲傷的故事，也不知道作者張子石何許人，但每一句「我們要飛到那遙遠地方看一看」、「我們要飛到那遙遠地方望一望」，都恰恰踩在最敏感的心尖上，又痛又麻，泫然想哭，卻又歡喜神往。是否，郝和張總，他們飛行時的快意與寧靜也是如此？

◎注——據說張子石先生是李壽全在念逢甲大學時認識的樂器行老闆，為了圓美國夢，讓妻子和朋友假結婚，預計等她得到綠卡後，他再帶孩子去依親，結果妻子和朋友的感情，由假為真了。張子石仍帶孩子赴美試圖挽回婚姻而不得，飽嘗辛酸，卻仍在美國留下來。他寫下這首歌寄給李壽全，這是世人所知道，他唯一的作品。

大海

二〇一二年深秋，我到北京評審「溫世仁武俠小說大獎」，朋友告訴我，沒事可以去後海逛逛，妳一定會喜歡。

我喜歡的是那裡每個見到我的人都喊我「姑娘」，有位大嬸說：「小姑娘，給妳算個命吧？」好啊，衝著「小姑娘」三個字，就算算吧。我算了命，坐上三輪車遊老胡同，踩三輪車的老伯伯捲著好幾層舌頭說話，我一半沒聽懂，最後讓他放我在熱鬧的胡同口下來逛街。

「姑娘」第一次來到北京，一切都新奇，逛了幾家店，卻隱隱感到莫名的同質氛圍，前兩家賣的是茶具、絲巾，這家是文具，卻好像走進同一家店？環視四周，喇地忽然明白了，連著好幾家店，都在播張雨生的歌！二〇一二年，台灣歌手普遍還未到大陸發展，我不清楚大陸流行什麼音樂，但此刻，我逛一圈後海店家，至少有四五家播著張雨生的歌！那時，張雨生已經過世十五年了，其實在台灣街上已經不太會聽到張雨生了。

我對後海的好感建立在他們跟我「一樣愛雨生」上頭。再過幾年，我多次到大陸交流，杭州、西安、長沙、福州……，遊覽車上司機先生聽的是周杰倫，不再聽到張雨生了。

張雨生是我的同輩人，五年五班的男孩，辭世太早，成為永遠的男孩。

一九八八年，我還在雜誌業遊盪。任職的《風尚》雜誌轉由華尚集團接手，我被升為採訪主編，但幾個月後我就離開了。其實新的總編輯對我很好，但同事整個大換血，我覺得自己在其中顯得格格不入。問題還在自己，我不知道自己到底想做什麼。寫作，是心底遙遠模糊的夢吧。

我每天看兩大報的人事廣告，寄履歷、作品。畢業不到兩年，但因為「密集勞力」，已累積大把的報導作品。那個初夏五月，一家女性時尚雜誌通知我去面試，同樣是採訪主編的職務。那年夏天來得早，我穿著長袖白襯衫，高腰長裙，走在騎樓下已開始冒汗，非常後悔為什麼穿長袖。我走進總編輯辦公室，一位看上去四十歲左右削短髮的濃妝女人指著她面前的椅子讓我坐下，拿起我的履歷表，看了我幾秒鐘，對我說：「妳畢業才沒多久嘛！妳知道，我們雜誌社是有制度的。」然後就示意我可以走了。我從頭到尾，一句話都沒有機會說。

多年後，我多少可以理解，我的模樣也許已經說明了一切，我當時完全還像一個大學生，連口紅都不搽的，我不是她想要找的人。但是當下我沒有心情理解她，只想著，我的年紀和經歷都在履歷表上交代得清清楚楚，不符資格一開始就可以刷掉我的，為什麼要特地把我找去當面「羞辱」一番呢？一出冷氣房，熱浪襲來，我的難堪與怒火瞬間點燃，覺得自己一碰就會爆炸。那天中午，在一家麵館裡，我煩躁地盯著電視發呆，沒想到自己是在這樣的心情裡和張雨生的歌聲邂逅，畫面上出現一些加油站員工，幫忙辛苦地推車，最後有人打開一瓶沙士，旁白：「豪邁夠勁，黑松沙士！」我只聽到他唱的第一句：「你是不是像我在太陽下低頭……」就淚眼婆娑了。這是誰的歌聲啊？

從此我成了張雨生的歌迷。每一張專輯都買，連《七匹狼》的電影都去看了。他的高音扎實清亮有厚度，聽他唱〈天天想你〉，能真真實實感受到想念，非常乾淨的想念。《帶我去月球》、《一天到晚游泳的魚》、《自由歌》、《口是心非》……這些CD因為放在車裡，出門就聽，和羅大佑的歌，意外共同成為澆灌我兒成長的「兒歌」。

有一年我們一群五年級作家聚首，老一輩作家相聚多半喝酒，我們五年級的常一起唱歌。唱歌時互相嘲笑，新歌會的沒幾首，我點一堆鄧麗君，大家笑我：「是在勞軍嗎？」郭強生和駱以軍合唱的〈One Night in 北京〉是那晚最厲害的對唱組合，當然假音是強生唱的。鍾文音的〈苦海女神龍〉，煙視媚行又淡淡滄桑，所有人搶著附和這一句：「嘆一聲，生成這款命，美人無美命！」何致和的英文歌超級迷人，吳鈞堯不唱歌，猛找人喝酒。我們又笑又鬧，曲終人散前，我點一首張雨生的〈大海〉，所有人忽然安靜下來，像小學生聽到國歌一樣大聲合唱：

從那遙遠海邊　慢慢消失的妳
本來模糊的臉　竟然漸漸清晰
想要說些什麼　又不知從何說起
只有把它放在心底
……
如果大海能夠帶走我的哀愁
就像帶走每條河流
所有受過的傷　所有流過的淚
我的愛　請全部帶走……

我們幽幽一嘆：「張雨生啊！」雨生，我們五年級共同的痛啊。

請跟我來

有朋友在messenger邀我來一場台北市的「走讀」活動，我在電腦前噗哧一聲笑出來，他真的跟我不熟啊，不知道我是重度方向盲，我恐怕會帶著一群讀者鬼打牆，「姊姊去哪兒？」

關於我的方向盲事蹟，要說罄竹難書不為過。大一時，大部分的課都是必修，上課跟著室友走就對了，有次去上通識課，沒人陪我，馬上跑錯學院，找不到教室。大一還有勞作課，要擦窗子，也曾經走錯教室，擦錯窗子，擦完須向「工頭」學長報備，我連工頭都認錯。「我的工頭」從對面老遠喊我，我還怪人家為什麼長得一模一樣，害我分不出來！當我畢業進入《中國時報》當記者時，室友怜君的反應非常中肯：「妳這種人也能當記者？」好了，以下省略五萬字。

大概不只方向盲，我腦中想著事情的時候，就會對其他東西視而不見，但腦中偏又無時無刻不想著事情，青春時光，活成一頁頁驚魂記。

大一暑假一大群哲學系同學來我家給我過生日，暑假過後我們就將各奔東西：轉中文系的、外文系的、音樂系的、社會系的、企管系的……歡樂裡，也有離情。大家聊到要不要一起去看即將上映的《搭錯車》，怜君冷笑道：「幹麼到電影院？看我們妹就夠啦！」

她說的是我幾個月前的事蹟。那個週末我回台北了，得在週日返回東海，星期一一大早就有課。結果我打電話告訴室友，今晚來不及回台中了，明天早上再回去，也就是，我得蹺課了。怜君追問怎麼了嗎？「那個……我搭錯車了，火車都開到基隆了才發現搭錯方向，再轉車也趕不上宿舍關門了，只好先回家。」眾人鼓掌：「歡迎『搭錯車』女主角蒞臨！」

不過說起《搭錯車》，格外想念的，不是女主角劉瑞琪，而是幕後的主唱蘇芮。當年隨著電影推出的《蘇芮專輯》，那一身黑衣，那聞所未聞的女rocker加藍調靈魂，那高亢激越又悲愴的嗓音，平地一聲雷，把我們的耳朵帶向一個星球大爆炸的新紀元，蘇芮的歌聲，至今難有人能夠模仿。

在這張專輯裡，我最喜愛的卻是最平靜柔和的一首〈請跟我來〉，蘇芮和《搭錯車》的導演虞戡平合唱，而作詞作曲者，是我們眷村（影劇六村）的大哥哥，英年早逝的梁弘志。

我的記者生涯中曾到虞戡平導演家拜訪過，那天已晚，他泡一壺普洱，對我說，別的茶不敢讓妳晚上喝，但普洱沒問題，我老記得他說：「茶有百害，普洱除外。」

我踩著不變的步伐
是爲了配合你到來
在慌張遲疑的時候
請跟我來……

我假使帶領讀者「走讀台北」，請配上這首歌，我想我一定能把讀者帶到「你無法預知的世界」……

橄欖樹

某次文學沙龍朗讀會裡，散文家徐國能讀著讀著，忽然對台下說：「學姊妳唱一下〈橄欖樹〉。」他的朗讀會我還要唱〈橄欖樹〉？眾人目光轉向我，唱就唱吧，「不要問我從哪裡來，我的故鄉在遠方，為什麼流浪，流浪遠方，流浪……」我坐在台下把整首歌唱完。徐國能是六年級作家，雖然喊我學姊，兩人的大學時期是遇不上的，但他想當然耳，〈橄欖樹〉所有五年級的人都會唱，愛唱歌的學姊宇文正，怎麼可能不會!?

〈橄欖樹〉所有五年級的人都會唱。它誕生於一九七八年，三毛作詞、李泰祥作曲，齊豫演唱。它是所有五年級孩子的「遠方」，即使沒有人知道「橄欖樹」長什麼樣子。

而我對這首歌愛到、或者說熟到什麼程度呢？它是我個人的發聲練習曲，它的音程跨度大，慢慢爬高，並且齊豫唱這首歌時從頭到尾是扎實的發音，沒有假音，是很好的發聲練習。我大學時常被抓去參加校園民歌比賽，都是合唱軋一角，倒沒有獨唱過，但就得參與練習。練唱時，我的發聲就是〈橄欖樹〉，因此歌詞熟透了。後來在一篇報導裡讀到，齊豫說，「當時李泰祥的要求是，要把這首歌唱得『很寬闊』，不能有虛音，他覺得虛音是靡靡之音。」我笑出來，李泰祥先生今日若還在世，歌壇無假（音）不歡，會瘋掉吧？

李泰祥的歌，我還喜歡李格弟作詞的〈告別〉，以及詩人羅青作詞、只有兩句歌詞的〈答案〉，特別是感到孤獨的時候，明知唱了會覺得更孤單。

見到李泰祥是二〇〇三年，我坐在他家客廳裡聽他緩慢地說話。那是為《聯合報》副刊一個有趣的小專輯「音樂家最喜歡的小說」去採訪，其實只需要數百字，但他談興高，我就賴著不走。他說了好幾本書，都是小時候讀的，《茵夢湖》、《基度山恩仇記》、《雙城記》。他說可能天性上偏向傷感，對那種把美麗破壞掉、留下遺憾的故事感受特別深刻。人間無法彌補的遺憾是最高級、無可比擬的美，他覺得自己的人格特質都受到《茵夢湖》的影響。而《基度山恩仇記》滿足一個少年歡喜善良戰勝邪惡、正義懲罰黑暗的心。還喜歡《雙城記》，對於犧牲的情操特別感動，只要所愛的人幸福也就滿足、快樂了。處在亂世，邪惡與善良糾纏不清，唯有犧牲的情操，是大勇大愛的浪漫。我仍記得他說：「妳看，我是雙魚座的，很浪漫吧！」

那時他已經病了，要我看他發抖的手，他說：「帕金森氏症。」我說，我知道。就在兩個月前，我採訪攝影家柯錫杰先生，他翻動一張張照片，我指著其中一張抱著白貓，坐在鋼琴前的男人說：「啊，李泰祥！」

柯錫杰凝視那照片：「我和李泰祥在紐約時，就常在一起。回來後，他病了，可是我告訴他：李泰祥我要給你拍照。他說：來吧！來吧！就在他家裡，我拍他作曲的神情，拍他與貓玩耍。」柯大師說：「雖然病了，他很配合喔，要他脫上衣他就脫。我說：我要拍你身上這個東西，那是別人沒有的喔！」我問什麼東西？「李泰祥胸前有兩個凸出的方塊，埋在皮膚裡，控制他的帕金森氏症。」他說李泰祥是勇者，他以相機為他見證。

而李泰祥對我說：「我是雙魚座的，很浪漫吧！」我想對他微笑，太難過笑不出來，他忽然問我：「妳喜歡唱歌嗎？」

「天上的星星為何像人群一般的擁擠呢？地上的人們為何又像星星一樣的疏遠？嘿……嘿……」我對他唱了〈答案〉。

最愛

在這樣多的女歌手中，如果只能挑選一位「最愛」，那麼我會選擇潘越雲；在潘越雲唱過的眾多歌曲中，如果只能挑選一首「最愛」，那麼我選的就是〈最愛〉。雖然〈天天天藍〉、〈守著陽光守著你〉、〈曉夢蝴蝶〉、〈你會愛我很久嗎？〉、〈心情〉、〈桂花巷〉……每一曲都難以割捨，但選擇〈最愛〉，不僅是選擇潘越雲，也是選擇在流行歌曲世界裡，不可能忽略的李宗盛。

〈最愛〉有多種版本，張艾嘉、張國榮、楊宗緯等等各擅勝場，我還是最愛潘越雲版本，那鼓聲一落，「自古多餘恨的是我，千金換一笑的是我」，奔流到海不復返的絕決氣勢，人最好不要輕易說「最愛」，要說，就要是這種絕決！

我其實不喜歡帶著哭腔的歌聲，因此台語女歌手的歌聽得比較少，但是潘越雲那一點點滄桑的哭腔，卻分外打動我的心。我大學是Walkman時代，大學生拿下Walkman，就拿起吉他。我到現在仍保留睡前聽音樂的習慣，但大學四年都住校，不能打擾室友，每晚是戴著耳機睡著的，而最常伴我入眠的兩位歌手是：羅大佑和潘越雲。

大四那年，三毛、齊豫、潘越雲以及作曲家陳志遠、李泰祥、李宗盛、陳揚合作打造的專輯《回聲》（一九八五），幾乎可說是八〇年代「文青」的象徵。一整卷錄音帶，十一首作品，回顧三毛的成長，訴說她美麗的半生，這張專輯次年以CD形式出版，成為台灣第一張出版販售的實體CD，也是我生平購買的第一張CD。齊豫的歌聲，美而知性，潘越雲卻在柔美中有種草根的野性，我實在愛她的聲音。

大學畢業後我從一家雜誌社流浪到另一家，像穿上永遠停不下來的紅舞鞋，從室內設計、冒險運動到股市產業，什麼領域都跑過。後來進入《中國時報》，主跑國樂、國劇和出版，終於是真心喜歡的領域，以為可以靜靜駐足，我的心卻始終無法安穩。

那一天，我在福華飯店一場記者會上，包包裡BB扣響了，是的，那個年代還沒有手機，報社是以BB Call遙控記者。透明玻璃電話間裡有人，那人走出來，與我打了照面，是潘越雲！在《天天天藍》的專輯封面上，她穿一襲白衫，赤腳踩在沙丘上，背後有藍天，那張獨照令我以為她很高大，沒想到本人身形跟瘦小的我相差無幾。迎面走出電話間的潘越雲，打扮跟《天天天藍》裡相似，非常波西米亞，她不僅輪廓深刻，她的眉、眼、鼻、口都出奇得大，實在是讓人難以忘懷的深刻臉容。我恨不能衝上前告訴她，妳的每一首歌我都會唱啊！當然我沒有，我們默默對看了一眼，她顯然是知道我認得她的，那時她多麼紅啊，《我是不是你最疼愛的人》，據說那年滾石的年終獎金就靠這一張！她有些靦腆地點個頭，又如此嬌小，我詫異不已。

走進電話間，與外邊的「福華」世界隔開來，我心潮澎湃。那幾年裡，採訪、記者會、各種名目的餐會，每日出入於福華、碧富邑、舊情綿綿、現代啟示錄這些大飯店、後現代咖啡館、新式啤酒屋。有記者會開在忠孝東路的雅宴西餐廳，那裡最貴的牛排一客八千元。回家告訴家人，「那裡的牛排會唱歌嗎？」我說不知道，就算是別人請客，我實在點不下去，我點了最便宜的三千六的海鮮。「不過，聽說那牛肉是日本空運來的，飼養的時候還聽古典音樂的。」「人不聽音樂，叫牛聽音樂！」二哥說。

「春遲遲，燕子天涯，草萋萋，少年人老。水悠悠，繁華已過了，人間咫尺千山路……」我心中悠悠唱起潘越雲的〈浮生千山路〉，重回到記者會裡，人像抽離了一般。

這種和世界的隔膜感揮之不去，好像自己始終在透明的電話亭裡看著外界的繁華。遠方有什麼在召喚我。

多年後，我聽到關於潘越雲悲慘的婚姻故事，據聞那甚至影響了她的螢幕形象，導致她淡出歌壇，我感到不平，不捨。她是我最心疼的歌手。

庭院深深

我手握一杯熱咖啡站在窗前眺望生平第一場細雪，低低地呢喃這支歌：「多少的往事，已難追憶，多少的恩怨，已隨風而逝，兩個世間，幾許癡迷幾載的離散欲訴相思……」（〈庭院深深〉，瓊瑤作詞；劉家昌作曲）大嫂走過來站在身後靜靜聽我唱完整首歌才嘆出氣來，那聲嘆息，可能包含了：妳怎麼會把情況搞成這個樣子；回到軌道裡去吧，讓家人，尤其讓爸爸安心；又或者，跟隨妳的心，無論如何選擇我們都會支持妳？我不知道是哪一個答案，大嫂沒有說出口，只默默陪我看細雪無聲落下，落下。

那是一九九〇年的波昂（Bonn），當時的西德首都，兩德尚未統一。大哥在那裡讀社會學。我在《中國時報》文化中心工作，主跑國樂、國劇，是我喜愛的路線，但我把自己的人生搞砸了。我有一個相戀七年，已經訂婚的男友，他當完兵在台大念研究所，我先進了社會，在報社遇見了C。我移情別戀了，身心痛苦異常，又極度易感，好像眼睛無時無刻都能蓄滿眼淚。

那一年的情況紊亂極了，採訪工作裡還遇見來自紐約的大陸音樂家T，像久別重逢的老友，我竟毫無保留對他訴說自己當時惶亂的境遇。T說：「那麼妳要不要乾脆逃到紐約來慢慢想啊？」「來紐約找我。」「我很會做飯的。」這些也許是玩笑話，我想著，他是否走到每一個城市，都會對一位青春少女做這樣的約定呢？T大我七歲，他說：「妳知道嗎？在我的家鄉認為，七歲是最完美的差距。」我沒有把他的任何一句貌似追求的話語當真，我連自己都不信任了。

但是T意外地給了我啟發，逃，總可以吧？都不要了，就誰都不辜負。我站在遠處看自己性格裡的某種劣根性，小時候跟哥哥下跳棋，快輸了，索性把棋盤弄亂，耍賴。但有一次大哥咦了一聲：「妳本來可以贏的。」

我給哥哥寫信，把自己弄亂的棋局一五一十說了，大哥大嫂急急打電話來，要我不要貿然做什麼決定，「不然，妳來波昂住一陣子？」就這樣，我辭掉工作，人生第一次出國，以破爛的英文獨自轉三趟機，到了寧靜的古城波昂，在那裡住了兩個多月。

白天哥哥嫂嫂出門上課，我佇立窗前，每天每天，看行道樹的變化，從整排蕭瑟的枯木到嫩葉滿樹，從寒冬來到春天。遠處有個房子施工中，屋頂上有個長長的吊臂工作了好多天，看不出任何進展，大哥笑說：「這在台灣，不要半天就弄完了。」整個城市像轉速調慢的唱機，緩緩地轉動，流瀉低沉的吟唱。

我的愛情似乎也被調慢了轉速，從剛開始因為嫌惡自己背叛承諾而不時湧出淚水，慢慢平靜下來。對面一樓是一家製作齒模的工作室，遠遠能看見窗邊許多牙齒模型，偶然有穿著白袍的工作人員走動。某日一位金髮男子仰頭朝我的方向望過來，我正端著一杯咖啡遙望著他，我沒有後退，而是舉起了杯子，向他微笑致意。反正是異國啊。

復活節過後，出門可以脫下羽毛衣了，我跟哥哥說，我看過雪了，可以回台灣了；

我看過雪了，可以回去過如常的日子了。我以為是這樣的。一回到台灣我就反悔了，我沒有回到前男友的身邊，像《半生緣》裡曼楨說的：「世鈞，我們回不去了。」

把我的人生攪成一池渾水的C卻同時交了新的女友。我沒有悲傷太久也沒有強烈恨意，浪子啊，我在心底嘆息。一夕長大。

我開始讀托福英文，尋找美國研究所的資訊。數月後，拿到了幾個學校的入學許可，包括位在紐約的聖若望大學（St. John's University）。T再度來台採集音樂。我沒有告訴他關於St. John's給我I-20的事，也沒有告訴他，是他給我的靈感，拋開一切出去念書。我如果去了紐約，必然會依賴他吧，那麼這個絕決的告別就成了謊言，我將再一次否定自己。

我去了洛杉磯南加大，一個不會下雪的地方。第二學期我搬到一棟可愛的小屋，窗前有幾棵終年長青的棕櫚樹。面對它們，我寫下了一首小詩〈仰望〉：

那棕櫚長鬣迎風
欲奔若狂

一隻海鷗稍事停留
未久即飛
棕櫚葉搖撼如癡

愛與飛行
皆是前世的夢

向前走

台語不是我的強項，〈向前走〉這首歌我只會哼幾句而已，記不全歌詞，卻經常浮上心頭。比如讀著約翰．齊佛的短篇小說集《離婚季節》（*The Season of Divorce: Stories*），讀到〈啊，碎夢之城〉，那從芝加哥沿著河谷開向紐約的火車上，滿懷對未來渴望的艾瓦茲．梅洛，一個開夜間巴士的司機，他寫了一位潑辣逗趣的鄰居老太太，帶著妻兒和他的劇本，一路來到大都會紐約。下了火車，他們看著車站路面一層閃爍的白光，懷疑這些水泥地裡是不是攙了鑽石？水泥地不會攙鑽石，一開頭就知道終要夢碎的小說，我卻在心裡唱起林強的〈向前走〉，「車站一站一站過去啦，風景一幕一幕親像電影，把自己當作是男主角來搬雲遊四海可比是小飛俠……」

比方二〇〇八年台灣熱映的電影《海角七號》。一開場，一事無成的樂團主唱阿嘉，怒砸電吉他的同時飆一句髒話：「我操你媽的台北！」我驚嚇之餘，腦海裡浮上的歌聲還是林強：「卡早聽人唱台北不是我的家，但是我一點攏無感覺……」

《海角七號》為長期處在低迷不振的台灣電影市場帶來希望，五千萬小額成本的電影，幾個月票房破五億。離林強《向前走》的發行，相距十八年。一九九〇年，林強反覆唱著：「ＯＨ！啥咪攏不驚！」「ＯＨ！向前走！」二〇〇八年，范逸臣對台北罵了句髒話，然後騎著那台邊走邊冒煙的摩托車揚長而去。我該如何解讀這兩部作品隱含的意義？從熱切的青春之夢到夢醒時分，這十八年之間，社會的氛圍有了多少轉變？「台北」的城市符號起了什麼變化？這兩代年輕人的內心，有本質上的差異嗎？

一九八九年我在《中國時報》文化中心工作，忘了哪位副刊同事送我一卷錄音帶《抓狂歌》，署名「黑名單工作室」，我回家一聽大為驚奇，搖滾、饒舌曲風，黑色幽默的台語歌詞，都聞所未聞。那時人間副刊辦公室裡有幾位詩人，他們有時互相傳遞檳榔，他們談《抓狂歌》。《抓狂歌》這張專輯被視為「新台語歌運動」的啟蒙，而到《向前走》掀起巨浪，賣破四十萬張，成為此運動的代表作。

有時我會以很慢的速度，輕輕地唱：「火車漸漸在起走，再會我的故鄉和親戚，親愛的父母再會吧，鬥陣的朋友告辭啦……OH！啥咪攏不驚！OH！向前走！OH！啥咪攏不驚！OH！向前走！」唱得深情款款。當我感到對人生迷惘，對世界失望的時候。

戀曲1990

一九八八年末，台灣以羅大佑的〈戀曲1990〉迎接九〇年代的到來，余芬也以此曲迎來了慘痛的初戀。

「我的故事，是被強迫跟這首歌緊緊繫在一起的。」余芬對我說。

那時她在一家投資顧問公司工作，本來應徵企劃部門，因為字寫得漂亮，被調到祕書處去。總裁是香港人，她從沒見過，公司裡呼風喚雨的是總裁特助楊耀華，他是台灣人，但是英、粵語俱佳，企圖心強，很受器重。

余芬的位子就在楊耀華旁邊，兩人共用一個電話。他帶領余芬很快進入狀況，慢慢許多事放手交給她處理。

「我才來幾個月，發生一個事件。有一位主管將要被總公司降職，耀華把人事文件交給我處理。剛好家裡來電話，我祖母被送進了台大急診室，病危。我非常慌張，把卷宗蓋起來就直奔台大。當我回來時，辦公室好多人圍繞在我座位旁，那份卷宗被掀開來了！大家議論紛紛：這個小毛頭怎麼會知道公司這麼高層的人事案？我被罵得狗血淋頭，而祖母就要離開了，我大哭起來。這時候楊耀華回來，大喝一聲：『為什麼要罵她？這件事是我要她處理的，要罵罵我啊！』頓時鴉雀無聲，同事們默默走開了。我仍然哭著，眼淚就是停不下來。楊說，晚上帶妳去吃餛飩。我吃不下，覺得自己闖了大禍。他說沒關係，這本來是過一陣子要揭開的，既然大家已經知道了，那明天就公布。他開始餵我吃餛飩……也許，我們之間就是這樣開始的？還是更早？我想不起來了。」

熱戀中的余芬，每天早晨給楊 morning call，他騎著摩托車到她住處接她上班。她喜歡這一段摩托車的路程，喜歡他厚實的背，喜歡行進中的風，甚至喜歡路口的紅綠燈。這時才知道紅燈的時間裡，摩托車上的情侶可以做那麼多事，可以臉貼臉，頭碰頭，可以兩手交纏，她甚至喜歡每一個緊急煞車。

同事大概都已看出他倆的關係，就算沒看出的，經過那個人事卷宗事件，也都知道了。那事件之後，也再沒人敢把余芬當小妹對待了，但開始有人來告訴她，「楊耀華不是個好東西」「妳要跟他保持距離」，余芬覺得莫名其妙。先是企劃部的一個姊姊鄭重來說，不久是他們祕書處資深老伯伯把她叫到外面去，「丫頭，妳才剛進社會，不知道江湖險惡。他喔，不好，配不上妳。他除了有能力，私生活很爛。」余芬完全沒有動搖。

有個女同事小蔚常跑他們祕書處來聊天，有人告訴余芬，小蔚跟楊是有一腿的。小蔚大剌剌的，他們說她同時跟很多男人交往，余芬覺得這些人真的太八卦。楊不在的時候，小蔚會坐在他的位子上跟大家聊天，她也知道余芬跟楊的事，她對余芬非常友善。余芬說：「我真的不相信他們說的。」

那時領了薪水，他們會互相幫對方買衣服，穿情侶裝。余芬經常陪楊加班到夜晚，被他送回家，感覺才睡沒幾個小時，鬧鐘一響，眼睛還沒睜開，又起來給楊morning call。到了公司第一件事情，整理楊的桌子，幫他泡上一杯熱茶。好像自己是楊的祕書。微醺之中，她也閃過模糊的惶恐，她當然不是來給楊做祕書的，這份工作只是一個過渡期，她畢業後換了好幾個工作，沒有一份工作能讓她的心安穩下來，她想對楊訴說自己對未來隱約的憧憬，無力的恐懼。這種躁動難以言喻。楊卻告訴她，這家投顧已經搖搖欲墜了，他打算自己創業，要余芬跟他一起走。

「那時，妳的夢想是什麼呢？」

余芬告訴我她當年難為情，沒對楊說出口的夢：「就是寫作啊，跟妳一樣啊。」

年終有一個幹部訓練在金山活動中心舉行，會議後住一晚，等於是另類的員工旅遊，不過睡的是大通鋪。那天一早，余芬就感到她的生活節奏掉了拍，她的morning call沒人接！余芬困惑著獨自來到集合地點，迷迷糊糊跟大夥兒一起等遊覽車。還好楊耀華還是來了，說他有點事，不跟大家走，晚上直接在金山會合。

深夜，一些同事玩著撲克牌，大姊頭韓韓說，我們去夜遊要不要？余芬跟著一大群同事加入夜遊隊伍。夜晚的金山異常安靜，空氣裡有淡淡的海的味道。大隊人馬沉默走著，無人開口打破靜謐，倒像一支夜行軍，直到遠處傳來一對男女窸窣聲，內容聽不清，但明顯是甜軟的戀人絮語。「當天只有我們一家公司在這裡辦活動，韓韓姊說：這一定是我們公司的人。是哪一對情侶呢？我們就躲在樹叢裡面等他們走過來的時候嚇嚇他們。於是大家屏氣凝神，聽著迷濛絮語逐漸靠近，韓韓一聲口令：一二三！大家嘩的一聲跳出來，結果，我嚇壞了我自己。那兩人是楊耀華和小蔚。」

所有人都很尷尬，楊耀華也尷尬。至於余芬，「我記得那晚，我是被攙扶著回到通鋪。眾目睽睽，很落魄，很丟臉，腳步踉蹌，完全沒有力氣，覺得好幾個巴掌打在我臉上，又辣又痛又暈眩。以前看過喝醉酒的人被攙扶著，這時候我的樣子應該沒有兩樣。楊跟我解釋，說小蔚去找他，她有心事，所以陪陪她。那一刻，他要安撫我，又要安撫小蔚。最後，他走向小蔚，讓大家陪著我。回到通鋪，幾個沒去夜遊的同事還在打牌，開著錄音機，錄音機裡傳來羅大佑的新曲〈戀曲1990〉。他們反覆聽這首歌，聽完就倒帶，重聽再重聽。

「他們一直重複聽那首歌，『蒼茫茫的天涯路，是你的飄泊，尋尋覓覓長相守是我的腳步，黑漆漆的孤枕邊，是你的溫柔，醒來時的清晨裡，是我的哀愁……』，但其實當下比起哀愁，我更強烈的感覺是丟臉。有這麼多人提醒我，為什麼不相信呢？現在我看戲劇或是社會新聞，看到有些女孩子很笨，甚至高學歷被騙，我都不敢笑人家。很多人總是理性地說，你從哪個點就可以看出蛛絲馬跡，我跟妳說，『掉進』愛情的當下，是完全沒有理智的。從此我絕對不會笑別人笨，不會太快對人下判斷。我懂得了陽光後面會有陰暗的部分，你看不到是因為你沐浴在陽光下。」

「於是妳立刻就跟楊耀華分手嗎？」這世上每一樁愛情的結束，就像每一片葉子的掉落，都有不同的姿態。

余芬說，「這個事情之後，我還是給他 morning call。但是之前打 morning call 時是快樂喜悅的，這時的 morning call 是悲傷的，好像舞會要結束了，還是行禮如儀地旋轉，彎腰致意。我們在辦公室裡也沒有翻臉，但是兩人的距離變得遙遠了。我準備離職，為這個工作做收尾。最痛苦的是覺得全辦公室的人都在談論你的事，你就是個笑話！而楊看起來不受影響，這就是我們的差異，這就是人生的資歷。一個多月後我辭職，楊有挽留我，說我眼睛看到的不是事實，我有心動，但還是離開了。」

離開別人的眼光之後，才是真正面對失戀的開始。那年的耶誕節，余芬一個人在台北過，走在冷冷的街頭，想起楊耀華曾說，他有一陣子很孤單喪志，每天就吃士司配可樂。「那個耶誕節夜晚，我竟然去買了士司跟可樂當作我的耶誕餐。很後來，我只要想到士司跟可樂的組合，就覺得那是人在很絕望的時候會吃的東西。」

而那段絕望的時光，余芬無論經過唱片行、蛋糕店、服飾專櫃、運動用品專賣店……全世界到處都放著〈戀曲1990〉！

我沒告訴余芬，我也被這首歌荼毒過啊。那已經是一九九一年的事了，那年夏天我去洛杉磯念書，我的室友整個夏天就是反覆聽這首歌，重播再重播。我非常愛羅大佑的，終於還是被這首歌搞瘋了，才一個學期就嚇得落荒而逃，寧願付雙倍的租金，搬出去自己一個人住。

這首〈戀曲1990〉到底有什麼魔力呢？我只知道對我而言，做為反叛啟蒙的羅大佑，從〈戀曲1980〉對「永遠是什麼？」的大哉問，在〈戀曲1990〉已開始有了懷舊的情愁。其實撇開愛情，一九八〇到一九九〇是台灣文化活力大爆炸的年代，而後似乎過早地進入了長長的懷舊隧道，這首戀曲，也可以說是寫給台灣社會的呢。

五年級中段班的余芬，剛剛萌芽的初戀，躬逢了大街小巷傳唱著浪漫後的寂寥。但余芬說：「其實我最喜歡的歌是〈守著陽光守著你〉啊，當初喜歡楊耀華，正是一種被守護的感覺。」

「最終，妳是怎麼告別這段愛情的呢？」

「可能因為戀愛時天天打morning call的關係，我最難受的是他的電話號碼我怎麼都忘不了。直到多年後，有一天發覺自己已經想不起那個電話號碼了，我才釋然，確認自己跟這段感情真正劃下了句點。」

而這家投資顧問公司是余芬最後一份「過渡工作」，她後來從事報導，成為非常優秀的報導文學作家。她把她的愛情與音樂故事告訴我。在這裡姑隱其名。

狼

我們四個女人七嘴八舌的這個下午茶，有點《慾望城市》的味道，那麼美慧就是影集裡帥氣的角色米蘭達了。

美慧年輕時喜歡齊秦，「他的專輯都會聽，後來齊秦開演唱會，還買票帶兒子去聽。」

小村搖頭：「齊秦唱歌都會亂拉尾音，我不喜歡。」

美慧說：「他算是比較誇張的 rocker。」

我說：「妳也是 rocker ─ rocker 型的女生。」

大家一致同意：「妳這樣講滿貼切的。」

芸英跟美慧是大專時的同班同學，她說：「美慧年輕時是比較 man 的女生，很早就騎摩托車，我常坐美慧的車，坐她後面有被保護的感覺。」

「嗯，二十歲就考駕照，拿汽車駕照騎摩托車，念專科的時候就開始騎了。」美慧學生時代還是田徑選手，「反正個子大，就會被叫去做運動，跳高、跳遠、跑步，沒有人要去的，就是我了。」芸英補充：「我們那時候，都會搞小圈圈，只有美慧是『跨領域的』，連小太妹美慧都罩得住。」

「我只是愛玩社團，跟什麼人都合得來。我不會定義誰是什麼樣的人，也不會對哪種人敬而遠之，所以大家覺得我三教九流都可以交朋友，學校有一些不良少女就會對我另眼相看，我的話還會聽一下，哈哈。」

其實個子高的女生，在我們那年代是孤獨的，美慧小學就長到一六〇，永遠是最寂寞的，都是坐在最後面，自己一個人坐一張桌子。「小學玩跳橡皮筋，不管同學怎麼舉，我腳一抬就過去了。有個矮個子男生很受不了我，他覺得怎麼樣都要舉到讓我跳不過去，他使出全力舉到最高，我還是跳過去了，然後他手脫臼了！但我後來就沒怎麼長了，高中的時候辦同學會，我也只有一六四，他已經一八十多公分。

他看著我，非常怨恨地說：『我以前為什麼會為了妳，手脫臼！』

「我曾經跟一位被家暴的同學很要好，特別照顧她。我們一起去補習，走在路上勾肩搭背。結果她媽媽以為她交了男朋友，不斷地試探她，她受不了了問她媽幹麼啦？明明沒有男朋友啊。她媽說：我就看到了啊！同學一想，那是美慧啦！」美慧那時短髮，走路大剌剌的，從背影看，就像個男孩。

「我就是這樣的類型啊。所以妳問我以前聽什麼音樂，就會想到最有個性的歌手齊秦，就會想到他的〈狼〉，想到他那調調。」

「我是一匹來自北方的狼，走在無垠的曠野中。」這就是美慧的歌，也應該是美慧的「形象」，我說：「但是後來美慧辭掉工作在家，變成賢妻良母這件事，讓我很難適應！」

大家哈哈哈。美慧說：「我自己也覺得奇怪。其實還好啦，我是一個比較open minded的人，什麼樣的生活面臨到我身上，我就接受它。」

美慧辭掉工作在家當賢妻良母讓大家意外，多年後，她又締造了另一個意外：

她開了一家拼圖店，已經營了七年，在圈子裡小有名氣，雖然這是一個相當小眾的「圈子」。

二十歲就騎著摩托車到處跑，還能教訓小太妹的美慧，曠野中的一匹狼，變成一個整天埋首案前的拼圖家？美慧淡淡地說，是帶孩子的過程中接觸到的。

「喔，妳覺得很需要訓練妳的耐心嗎？」

「哈哈不是。老大兩歲的時候，我小叔外派到英國，他從英國帶了一個立體的保時捷拼圖回來送給我兒子。兒子還那麼小，怎麼可能拼哪，可是他都已經千里迢迢帶回來了，我就幫我兒子拼。發覺拼圖很好玩嘛，我竟然把它拼完了。拼完以後就想，台灣要到哪裡去買拼圖呢？我開始到處找，就這樣開始玩拼圖。一有空拼幾塊，帶大兩個兒子的過程，穿插著我的拼圖人生。其實大約三十年前，台灣有一陣子迸出很多拼圖店，像葡式蛋塔一樣，忽然風行起來，是日本傳過來的。那時彰化曾有一個拼圖店，店面兩百坪，上下兩層樓。長我十歲的那一代，如果在那段時間玩過拼圖的，現在再來我店裡都會提到這一段台灣瘋拼圖的神祕時光。」

美慧的拼圖店叫作「拼圖密室」，想到《哈利波特：消失的密室》而得名，店在淡水老街附近，店裡真的有一個密室。

拼圖在國外是普遍的家庭活動，美慧說：「我到美國找同學，看了他們的家庭環境才明白為什麼這個活動在那裡常年受歡迎。美國的住家都有個living room，他們常擺一副拼圖在桌上，每個人有空就去拼幾塊，久久成品總會出來。他們拼完以後也不一定裱起來，如果是三五百片的拼圖，大概就一個餐盤的大小，我看到許多家庭是把它黏在餐盤上，變成桌墊、餐盤墊，經常更換，壞了、濕了就換一個圖案。拼圖不是玩具，反而像是生活用品、消耗品。」

對美慧而言，拼圖還有個功能，陪伴。「沒開業前，曾經跟我媽媽、妹妹，三個女人花了兩年的時間拼完五千片的拼圖。我大概一個月回娘家一兩次，以前都是跟媽媽喝咖啡聊是非，阿姨長，姑姑短，聽得我非常疲憊。有一次我帶了五千片的拼圖回娘家，我媽只好把地下室清出來當作拼圖室。我們週末回家，變成三個女人拼拼圖聊是非。媽媽講的我們其實不想聽，就可以埋頭在拼圖裡，不需要一直看著她、應對她，假裝很忙碌地在找拼圖，我媽居然也開始跟著拼一些，就這樣，兩年，拼完那五千片，我們把它裱掛起來。」

美慧玩物沒有喪志，反而把玩物變成了事業。「我到處買拼圖，買到後來，家裡有一整個拼圖櫃的時候，大家覺得我是拼圖敗家女。其實我這一整櫃的拼圖還沒有辦法買一個LV包包！而且我很快樂，我從拼圖得到的快樂可以很長久。先生也很支持我玩下去。等孩子大了些，我應該要放手，應該要有個自己的事業了，但我跟社會脫節很久，已經找不回重返職場的路了，既然我一直專注在拼圖這件事上，那何不以此做為我的事業呢？即使不賺錢，只要能維持，這就是我的工作啊，又可以認識更多的同好。」

「拼圖密室」有一個五米四的牆面，為了這面牆，美慧租下了這個空間，展示她的收藏品，一幅三萬兩千片的拼圖！現在牆上掛的就是這一幅從紐約洛克斐勒中心（Rockefeller Center）六十一樓往下拍攝的實景照片，幾乎每個顧客來，都會在這裡拍照留念，感覺就像站在洛克斐勒中心窗前。

「拼圖是一個小眾市場，都是大人在買，且六成是熟客。樂高也是，拼圖迷跟樂高迷有很大的部分重疊，可能是都喜歡建構東西，從無到有，慢慢建構起來。」

拼圖的世界是無聲的嗎？除了聽媽媽聊是非，還有呢？拼圖的時候聽音樂嗎？

美慧想了想：「店裡大部分放林俊傑、蕭敬騰的歌，大概因為我剛開店期間，這兩個人當紅吧。」

我拜託美慧，林俊傑的咬字，我從來沒有聽懂過啊，那不是我們五年級的歌啦，美慧的密室，合該是齊秦的歌聲。密室是無垠曠野、美麗草原的神祕入口啊。因為即使是賢妻良母美慧，拼圖家美慧，在我們心中，永遠是那騎著摩托車的，來自北方的狼（〈狼〉，齊秦作詞、作曲、演唱）：

我是一匹來自北方的狼
走在無垠的曠野中
淒厲的北風

吹過漫漫的黃沙掠過
我是一匹來自北方的狼
走在無垠的曠野中
淒厲的北風
吹過漫漫的黃沙掠過……

最後一夜

歐陽是我朋友中唯一的一位職業軍人，但他完全翻轉我小時候聽到的「好男不當兵，好鐵不打釘」的印象。歐陽功課好，尤其英文格外好；在我們國中時期，你若曾經參加台北市東區的演講比賽，抱歉你最多只能得第二名，因為第一名都被那個南港國中姓歐陽的拿走了。學校老派他出去比賽，不只是因為他會背，更重要的是他的聲音，他天生有一副應該去當播音員，那種老天爺賞飯吃的嗓子。

從小就出鋒頭，家境也小康，為什麼會選擇念軍校？歐陽說，「我父親常常告訴我，他的舅舅是黃埔四期的。」黃埔兩個字，在歐陽的心中是發著光的，那埋下他想當軍人的願望，國中畢業他做了跟大部分同學不同的選擇，去考中正預校。

歐陽進了預校繼續發揮他的背誦本事。預校每學期有一次英文背誦比賽，他們有個比賽用的讀本，大約一百篇文章，你得把它背完，當場抽題。六個學期，歐陽得到三張第一名的獎狀，另外三張在他同學唐華手裡，那位唐同學現在是海軍中將。

對歐陽來說，背誦就像唱歌一樣，尤其是自己寫的文章，在寫的過程是有畫面的，再配上你給它的背景音樂，就能行雲流水。「所以我不必一個字一個字死記，無論要我講再長的演講，在準備講稿的過程，就是一次記憶了。我知道整個寫作的流程，所有的畫面，音韻，我要做的只是怎麼樣把它一氣呵成地講出來而已。」即使軍校畢業，不用再背書了，歐陽看到喜歡的詩詞，還是會慣性地朗讀，想像，自然就背下來了。

不過人有失手馬有失蹄，背誦就像唱歌一樣自然的歐陽，剛進陸軍官校一年級時，卻有過要命的忘詞大挑戰。

那時校長是盧光義先生，即將調派去八軍團任司令，學校幫校長舉辦歡送餐會。歡送會前一天晚上九點鐘，歐陽被叫到指揮部，說明天中午要幫盧校長辦餐會，要有人致歡送詞。

歐陽說：「好的，那歡送詞呢？」

「你現在去寫！寫完拿給我看。」

歐陽寫完已經快十二點了，送到指揮部去，長官們看完，「嗯，就這樣吧，把它背好啊。」

歐陽心裡想，我寫的，我還要背嗎？回去倒頭就睡了。

「結果第二天中午，長官在上面坐一排，底下是所有陸軍官校的學生，四個年級加起來兩千多人。而校長夫婦的前面，擺了一個麥克風，我站在麥克風前，後面還站了三個學生，合唱團的。我一邊講，他們一邊唱歌，很有氣氛的。」

然而，講著講著……歐陽真忘詞了！他從小學開始「征戰」，從沒經歷這樣的慘況，他停了下來。剛停的時候，大家還不覺得怎麼，後面那三位合唱團的也繼續唱，等他停了超過五秒鐘，大家覺得不對了，歐陽耳裡能聽到台下那兩千多人開始發出嗡嗡嗡的聲音，看到校長臉色變了，後面三個唱歌的也不知道該如何是好。

歐陽問我：「這時候，如果是妳，妳會怎麼辦？稿子就在口袋裡。」

我說：「掏出來呀！」嗨，我常幹這種事，常常得去頒獎典禮致詞，還沒說話，自己先訕訕地笑，拿出小抄，還告訴底下的年輕人：「不要笑，將來你們年紀大了就知道了！」這時候通常台下會笑得更大聲，然後我隨便講什麼他們都會覺得很好笑……

「掏出來!?」歐陽搖頭：「當時我心想，稿子掏出來，我就完了！把一場離情依依的感情戲變成喜劇，我接下來三年的日子都不會好過了。所以當時我只有一個想法：打死我都不可以把稿子拿出來！」

「那就亂掰嗎？」

歐陽說：「驚慌之中，我看到麥克風就在我面前，就在我的嘴邊……我做出哽咽的聲音，哽咽聲透過麥克風傳出去，後面兩千多人都聽到這個人哭了！然後就看到校長夫人開始掉眼淚，看到校長遞紙巾給她。所有人被我感動了！我發現我成功了，人一放鬆，所有的記憶回來，我就接著講下去了。」

講完之後呢？歐陽連飯都沒吃，跑回宿舍，完全沒有食慾。「其實是嚇到了，在軍校這不是開玩笑的，我那時候才一年級耶。不過餐會一結束，指揮官就把我找去，說：你講得太好了！校長夫人哭到不能自己。」

歐陽的喉嚨生來似乎就是用來演講、背誦的，似乎是跟音樂無關的。唱軍歌嗎？歐陽說，「軍歌對我們來說是生活，不是娛樂。」在預校時期也沒有歌唱比賽，生活非常封閉，不太知道外面的世界，唯一熟知的女歌星是江玲。因為剛從台北到鳳山念預校，假日無處去，哪也不熟，有個同學親戚家在鳳山，開中藥店，同學假日把他們一大夥帶去吃飯、看電視，老闆娘是江玲的舅媽，於是他們全成了江玲的歌迷。

歐陽參加了兩個社團，網球社、跆拳社，真的太努力，太健康了！等到進了官校，他決定要選個讓自己感覺最舒服的社團，官校生活實在太緊張，尤其是新生，戰戰兢兢，有些社團，比如陸軍官校最有名的「橄欖球社」，比打仗還可怕，每個人都要剃個光頭。他選了合唱團，歐陽覺得自己的人生，從此才開始真正有了音樂。

合唱團真的比較「輕鬆」，指揮王學彥老師是政戰學校音樂系畢業，他不只帶他們練唱，還講許多有趣的音樂小故事，燃起這群生活嚴肅的孩子對音樂的熱情。比方《命運交響曲》第一個扣人心弦的樂句，為什麼是連續四個音？比方兩百年前義大利的威爾第、德國的華格納，處在同一時代最具代表性的兩位音樂家，從作品看他們的個性如何的南轅北轍，誰幽默，誰有神性。這些音樂，這些小故事，讓這群在嚴謹甚至嚴厲軍事教育中成長的孩子，內心悄悄地解放。

合唱曲中歐陽最喜歡〈清平調〉。〈清平調〉詞意好，引導他進入古典詩詞的世界；還有個原因，歐陽是唱中音部，「中音部的調子通常不是主旋律，在整個架構裡不能缺少它，但如果單獨把它抽出來唱，會很奇怪，一定要跟別人合在一起才會好聽。〈清平調〉卻是少數中音部單獨唱也好聽的曲子。」

合唱團也唱許多台語歌，歐陽對歌詞一向字斟句酌，追根究柢，那使得他探索的範圍更加廣闊了。

比如〈月夜愁〉（周添旺作詞；鄧雨賢作曲），這首歌的合唱曲很好聽，但歐陽唱著唱著，「月色照在三線路，風吹微微……」三線路在哪裡？沒有人知道，歐陽到處找資料，非得弄清楚三線路在哪唱起來才有畫面，才有感覺。後來他找到了，「三線路就在台北，就是以前的台北城啊。日本人接收了台北之後，把城牆拆掉，空出來的地方修建成大馬路，馬路夠寬，有三條線，叫作三線路。大約就是立法院前面那一段，三〇年代，這裡成為年輕人晚上約會散步的地方，作詞家把它寫進歌詞裡，讓『三線路』這消失的地名在歌曲中保存了下來。」

歐陽在合唱團裡是中音部。指揮王老師大概認為他是可造之材，私下問歐陽，「你對男中音的概念是什麼？」歐陽說：「我沒有概念。」王老師告訴他：「亞洲人裡有一個很好的男中音，他的聲音你可以聽聽。」不過他說話時神色吞吐，欲言又止，歐陽忍不住好奇：「那是誰的聲音，你可以告訴我嗎？」他看了歐陽老半天，掙扎許久，小聲對他說：「你應該沒有什麼機會聽，《黃河大合唱》裡，一開始的男聲獨白：朋友，你見過黃河嗎？——那就是理想的男中音。」

「那時《黃河》是禁曲，而我念的是陸軍官校！」

結果，歐陽真去找來《黃河大合唱》的錄音帶，然後找了一個全官校最隱密的地方，三更半夜偷偷地聽，認真揣摩那段獨白。

官校四年級時，那年的國軍文藝金像獎有合唱比賽，長官很希望他們社團能拿到好的名次，還特地請了藝工總隊的大隊長白玉光來指導。白玉光老師非常熱心，特別請人為陸官合唱團寫了一段詞，讓他們在合唱之前先來一段「獨白」，彰顯陸軍官校的特色。但誰來獨白？白玉光親自來挑選。

白老師來的那天，歐陽剛好在山上打野外，沒辦法參加合唱團集訓。有人騎著摩托車找到野外教練場來，要歐陽盡速趕回合唱團。

歐陽一進去，發現氣氛頗凝重。白玉光老師坐在上頭，團員一個個上來試唸那段獨白，他神情失望，再一看剛進來的這傢伙，全身髒兮兮的，嘆口氣，來的人愈來愈糟糕，沒什麼希望了。

歐陽在兵荒馬亂中被叫上去，塞給他一張紙，要他照唸。唸就唸吧，他可是偷練過《黃河》開場白的。歐陽張口才唸兩句，白玉光老師就站起來了，不等他唸完，「我沒有想到陸軍官校有這樣的人！OK，那沒有問題，就這樣了。」

「後來有得冠軍嗎？」我問歐陽。

「有啊。」

「是因為那段獨白嗎？」

「不知道，哈哈哈！不過我還記得那天盧光義校長也在台下，他已經是中將，比賽完還特別到後台來找我，他說一聽到獨白的聲音出來，就想起我了！

「妳問我喜歡音樂嗎？」歐陽說：「我只知道我喜歡唱歌，喜歡因為唱歌帶來的所有回憶。」

那麼，如果要為自己選一首生命中最重要的主題曲，會是陸軍官校校歌嗎？還是唱過的合唱曲？歐陽搖頭，「陸軍官校校歌合唱曲非常好聽，但我會選蔡琴的〈最後一夜〉。」

最後一夜？「踩不完惱人舞步，喝不盡醉人醇酒」，我咋舌，對軍人來說……不會太靡靡之音嗎？歐陽說起了另一個故事，也是「白老師」，另一位白老師。

民國六十九年，國防部籌拍一部電視劇《少年十五二十時》，曾想邀請小說家白先勇來編劇，為了讓白老師了解情況，特別請他到預校待了三天，在預校找了六位學生陪著白老師，讓他了解預校學生的生活、想法，歐陽正是其中之一。

歐陽接到通知時第一個反應，他得先搞清楚白先勇是誰，於是去讀了小說《臺北人》。在走向自己決定的軍旅生涯的路途中，在硬挺的軍服底下，歐陽一直仍保有柔軟感性的一面，便是以閱讀豢養這私密的自我，《臺北人》，是他接觸文學的起點。

而讀了《臺北人》，居然可以跟作者接觸、談話，太神奇了。「白老師的父親也是軍人，所以我們見到他時有一種天生的親切感。軍營有專門的宿舍給他，他從早餐開始，就由我們陪著。有時候我們上課，他會到教室裡坐下來聽。那三天裡，學校的活動他都參與。我們六個同學不同班，一二三年級各兩個同學，當時我是二年級。白老師總坐在那裡靜靜的，認真地聽我們說話，嘴角帶著笑意，很柔和的眼神，有時提出一些問題，問得很仔細。」

後來看到《金大班的最後一夜》電影上映、後來聽到蔡琴唱〈最後一夜〉（慎芝作詞；陳志遠作曲），歐陽都會想起第一次讀《臺北人》的心靈撞擊，都會想起那段軍校生活，常軌之外，卻是印象最深刻的一段插曲。

紅燈將滅酒也醒
此刻該向它告別
曲終人散回頭一瞥
嗯……最後一夜……

如果還有明天

我的乾姊林秀在她退休的餞別宴上，特別把這首歌介紹給年輕的同事：〈如果還有明天〉（劉偉仁作詞、作曲）。不僅唱給他們聽，也希望他們能上網去看薛岳為這首歌所拍的MV。

「薛岳不算是長時間占版面的人，他以〈機場〉這首歌造成轟動與矚目，當時台灣搖滾不是頂當道，他真正大放異彩是在民國七十九年，已經是罹癌末期，生命已邁向終點了。我在電視上看到他的MV，一個神情枯槁的rocker，用他的生命唱歌。起頭那兩句：『如果還有明天，你想怎樣裝扮你的臉？如果沒有明天，要怎麼說再見？』」秀的聲音哽咽，這不像她，林秀是標準的女子漢哪。秀說：「我們常常說要『活在當下』，這首歌不就是活在當下最好的演繹？」

我問林秀那時周圍有親人離開嗎？

「沒有，那時其實沒有嘗到過生離死別的滋味，但薛岳那支MV對我來說太震撼了！當時我們剛出茅廬進入社會，初生之犢，覺得未來很長，很遙遠，薛岳這首歌卻把我們拉回眼前，教導我們怎麼樣活在當下，我每次一唸到它的歌詞都感動不已，就會覺得工作再辛苦都沒有關係，我要想的是，怎麼樣把今天自己的角色扮演好。如果還有明天，你要如何把今天做好、做為明天值得的記憶？也許明天就會說再見，那麼你留給別人的感覺，是真正想留給別人的感覺嗎？三十年來，我經常想到它，〈如果還有明天〉，是我人生的勵志歌。」

要說勵志，林秀這個人，對我來說就是個一想到就溫暖、「勵志」起來的人。

我們是國中同班同學，怎麼有人叫作「林秀」啊？放學回家時，我常走在她後頭，一邊高唱：「林秀，林秀（領袖），偉大的林秀！……林秀萬歲，林秀萬歲！我們永遠跟妳走，我們永遠跟——妳走！」大概我太吵了，她就拿東西來堵我的嘴，我喜歡吃的蛋黃月餅，南港市場的肉丸，我們是同鄉，她還常從家裡帶福州燕丸給我。

高中聯考完，班上只有我們兩人上第三志願景美女中，每天要從南港轉三趟車到木柵，我們一起搭公車，極度擁擠的車廂裡，只要一出現空位，她會馬上把我塞進座位。

林秀一點都不辜負這「領袖」的名號，合唱比賽時，她是我們班的指揮，她還是我們學校足球隊隊長。提到本校的足球隊，也很勵志。我們是誠正國中第一屆，很小的學校，一屆十班，女生更只有四個班級。沒有任何「傳統」的新學校，組了女子足球隊去比賽，居然一舉拿下北市冠軍！更稀奇的是，隊長、守門員都來自所謂的第一「好班」，隊長就是我們偉大的林秀，她踢右前鋒。

那時班上有三個同學在足球隊，得到冠軍後，銘傳校方來談保送，希望她們未來進國家木蘭隊。她們跟導師懇談後，只有擔任守門員的Lily決心繼續踢球，也真的進了木蘭隊，保送體大，後來成了知名的體育主播。秀和阿華則退出足球隊，準備聯考。我問林秀會遺憾嗎？「不會呀，本來就沒想要走體育這條路，純粹是踢好玩的，哪曉得會踢出冠軍。我們跟周老師談過之後決定不去，去了就不會再讓妳念書了。」

林秀的豐功偉業可不止於踢球。她還有個專長是舞蹈，小時候學過芭蕾舞，高中時校慶的大會舞都是她跟體育老師一起編舞。這份才華，出社會後只有在公司每年 annual party 時出來秀一下。若問林秀遺不遺憾才華被埋沒？她正色說：「沒有埋沒啊，這些都是修身養性的活動。」

不是只有讀書、聽古典音樂、插花、畫畫才是修身養性，對林秀來說，跳舞、踢足球、跳高、賽跑，都是修身養性。噢，我忘了說，高中三年，林秀三度拿下我們景美女中的跳高冠軍。上了大學，她得過政大女子七項亞軍、木美區女子越野賽冠軍。別問我這種人怎麼會跟我做朋友？武俠小說裡，高手身邊總會有個完全不會武功的，不然他們要保護誰？

我很醜，可是我很溫柔

小學時，一群同學玩鬧，班長跑過來抓她，說：「我要把妳抓回去當押寨夫人！」很奇怪，在那個年紀，小女孩會把這話當真，心底萌生模糊的愛慕，「世上可能只有我記得這個小事吧！」

我的朋友阿環，告訴我她從小長長的暗戀史。她一直愛戀很會念書，呆呆笨笨，不會講好聽話的那種男人。當我說要採訪她，要她為自己選一首人生的主題曲時，她回答我：「〈我很醜，可是我很溫柔〉。」

我感到尷尬，我和阿環是國中同學，高中聯考前我們一起念書，中午幾乎都在她家吃飯。她一直是略胖的身材，但很可愛，記憶裡大概沒有跟她處不來的人。「只是微胖，哪有醜？」她說：「沒關係的，我覺得不重要，如果我覺得重要，可能很早就努力想要改變自己的外貌了。」

我沒想到我們的話題是從外貌開始的。

「我記得很多年前就說過羨慕妳，好多人追。那時妳跟我說，這樣也沒有比較好！」

我差點噎到，「我真的這樣講？太壞了……」

「不會，我一點都不會覺得妳壞，我知道妳有妳體會到的東西，妳只是自然而然跟我分享妳的感覺。那時候妳在時報，對於辜負與被辜負，感到混亂痛苦。我從小就羨慕妳，即使痛苦也是屬於妳的感受，雖然我無法理解，因為從來就不是被大家注目的焦點。那些追妳的男生有的我也看過，有一幕，我印象很深……」

阿環描繪了一個場景，我搖頭：「我不記得這個事……」

「忘了好！那時候妳很不快樂。」

多年後，我才明白少女時的自己多麼自我，總是阿環陪伴我，看著我的煩憂。大學畢業後，我在各形各色的媒體之間流浪，前途茫茫，也在失心瘋般的愛與不愛間徘徊。這世界只剩下我自己，我不知道我的同學們都在做什麼，是否也有錐心的苦惱。

阿環說，大四那年，大家都在考研究所，她也準備了一陣子，某日，被雷打到一般地，忽而問自己：奇怪，我到底幹麼要繼續念書？我並不很想念書了啊！阿環是C大中文系，「我一直念得不錯，其實只是分數不錯，表現從來不突出，小說、散文、詩都寫得不怎麼樣。我是普普通通的人，只是比較會考試而已。再繼續考試、念研究所，不是我想要的。」於是她把研究所的資料全部送給同學，「我就回台北了，而且沒有參加畢業典禮，因為我很怕離別這件事。」

阿環去找工作，在羅斯福路一家小出版社潤飾日文翻譯書，「我大學有修日文，懂一點，但內心裡想要教書。只是沒有教育學分，公立學校不能去，就去私立學校試教，也沒錄取。我想著，中文系老教授總跟我們說：你們念中文系的，將來反攻大陸，每個人至少當個縣長沒問題！」

「蛤？你們老師這樣講？」我爆笑出來。「真的，以前教授常常這麼說，怎麼現實上找工作這麼不順利？」我們東海中文沒有老師這麼說過，倒是我大一進哲學系時，有同學問學長哲學系出來可以做什麼？學長說：「賣綠豆湯啊。」

找工作不順利，阿環決定到日本看看。阿環父親二戰時去日本做過「台灣少年工」，舅舅也是留日的，她從小就接觸日本文化。

第一年在日語學校，阿環日文底子好，下半學期就有日語老師幫忙介紹教授。那時東京教育大學已經搬去筑波，她得到筑波大學旁聽，跟著一個教授做實驗，加入他們研究自閉症小孩的team。那時在日本，考研究所之前要先當旁聽生，他們叫「研究生」。

阿環第二年搬到筑波去，「第一天去就碰到一個台灣男生K，他是由保證人帶去的。第一眼看到K的感覺：這人怎麼還要人家帶，好遜啊。」

K去念醫學工程，宿舍在阿環隔壁棟，她說：「他是一個很特別的人。」

我問：「怎樣特別？」

「有點讓人討厭的那種人。」

我哈哈大笑，阿環解釋：「主要是他不太跟人來往。當時台灣留學生大約十個，除夕夜足夠湊一桌年夜飯的，但是他跟台灣人格格不入，他比較澈底融入日本人的生活圈。」

我說：「這種人才是真正要念書的。」

「是啊，但是大家很討厭他。台灣人習慣聚在一起，他們經常跑到我房間來聊天。我們一人一個房間，共用一個廚房，有時候大家會在廚房煮一點小東西，吃吃喝喝。K從不跟大家混在一起。但是可能我是他來到筑波第一個認識的朋友，他會帶我去他們醫學院醫生的浴室洗澡。」

「洗澡？」我大叫。

阿環白我一眼：「我們去洗澡是要花錢，要投幣的。醫學所的醫生都有淋浴間，我們一般留學生不能去，他會偷偷帶我去，使用那邊的設施，有點小冒險。對我這種模範生來說，已經非常刺激了。他也會找我聊天，慢慢就覺得這人也滿好玩的。」

「所以台灣留學生對他評價不是很好，只有妳跟他處得好？」

阿環說：「基本上我跟每個人都相處得很好。K在東京有熟人，有時他去東京，會帶一些小禮物給我。」

「有牽過手嗎？」

「沒有。」

我還要問下去嗎？阿環大概是這世上我認識的人裡最純情的了。

「妳喜歡他嗎？」

阿環搖搖頭：「不曉得。我好像都被人當妹妹，不管在哪一個階段，始終是讓人安心的妹妹。」

我心想妹妹個頭！哪個男生真那麼想要妹妹！

一年過去，阿環考研究所，沒有敗在日文，卻敗在英文上頭，「我就是英文不好才來日本啊。」有同學跟她一樣沒考過，留下來準備再考一年，阿環思考許久，決定鼓起勇氣回台灣吧。沒念到書就算了，她想清楚了，終究要面對現實的，來日本一遭，並不是真有再念書的渴望，只是因為找工作的挫折，延緩了自己的抉擇。

放榜後台灣同學們結伴去爬筑波山，阿環腦子想著自己要回台灣、不再逃避的決心，不知不覺步伐愈走愈快。那天K反常地也參加了，看她走得飛快，喘吁吁地追上來：「我以為妳要去自殺咧！」怎麼可能啊，她並沒有那麼傷心。

回台前，恰好裕仁天皇過世，機場封鎖，除了搭機者，閒雜人等不能進出。阿環獨自搭車去羽田，冷冷清清的機場，令她整個心也淒涼起來。過客一場，回頭看看這個待了一年多的地方，啊，居然看到K朝她走來……

「好驚訝！怎麼會！整個機場門禁森嚴，不知道他用什麼方法進來的，那一刻我真的感動了。」

職涯上的挫折，必須從工作中找回自信。阿環一回到台灣就到一家知名的上市公司上班，擔任董事長的日文祕書。「辦公室有地毯，有冷氣，但是是一個非常傳統、保守的家族企業。董事長要叫人的時候，就搖鈴鐺。搖一聲，是叫行政祕書，搖兩聲，是叫英文祕書，搖三聲就是叫我。」我噗哧一聲笑出來，你們是貓嗎？「他不滿意的時候會把公文揉了丟地上，行政祕書得去撿。他一來我們就如臨大敵。」阿環後來才聽說，她能進去，是因為原來的老日文祕書快勞退了，老闆不想給她勞退金，索性把她給辭了。

「好爛喔！」

「還有呢，」阿環說：「那公司連薪水都不平等，國立大學、私立大學價碼不同，男生、女生起薪也不一樣。有時候，我還會被老闆叫去他們家，幫他看日本電器的使用說明書。」

而更重要的，阿環最想做的還是教書。公司大樓對面是敦化國中，「每次中午吃飯休息時，女生們有的結伴去逛街，我是跑到屋頂上，看著對面的國中校園，想著有一天，一定要在可以頂天立地的地方工作，不要關在玻璃帷幕裡面。」

喜歡唱歌的阿環，有時獨自在大樓屋頂上唱起歌來。那時，正流行趙傳的〈我很醜，可是我很溫柔〉（李格弟作詞；黃韻玲作曲），歌詞深深地打動她。「我想著，為什麼自己到現在還孤孤單單一個人？就是因為我不漂亮啊！人家都喜歡漂亮的女生。可是我知道我不壞啊，也知道我滿有勇氣，我也算是一個不錯的人，我知道我以後一定是個賢妻良母……」阿環喃喃說著，她很早就有乾眼症，我分不清她的淚眼是不是哭了？

「我阿嬤說，妳趕快找個人嫁了吧，只要是會寫字的就可以了。我怎麼連個會寫字的人都找不到呢？在那大樓屋頂上，自己唱起歌，覺得這首歌正是我心情的寫照，『在一望無際的舞台上，在不被了解的另一面，發射出生活和自我的尊嚴。我很醜，可是我很溫柔……有時激昂，有時低首，非常善於等候……』它可以給我勇氣，相信自己也許醜，但是溫柔而堅定。」

那家族企業雖然保守，倒是辦了個帶員工去日本旅遊兼交流的行程，阿環雖是新人也跟去了，因為他們需要日文翻譯。那年代沒有網路、手機，意外重回日本，阿環趁機打電話給K。K又驚又喜，知道她在日本，每晚撥電話給她聊到深夜。

「是的，我們真的談得來。」分開一段時間，阿環更確定這件事了。然而旅行太短暫，回到台灣，「一時卻變得不太習慣，覺得和他之間，好像是有機會的？我衝動打國際電話給他，打了一兩次，他就跟我說：妳要實際一點，看清楚，妳覺得這樣遠距離有可能嗎？他說，妳應該去做一點有用的事，比方妳可以去考駕照啊。」

「然後呢？」

「然後？我真的去學開車考駕照。」

我一頭霧水，這是什麼邏輯啊？

「聽他一說，我想，是啊，我為什麼變得那麼柔弱？我怎麼可以為情所困？回台灣一段日子了，人生好像什麼進展都沒有！」

青春，不就是用來為情所困的嗎？

阿環說，「他覺得我不切實際，我也覺得他說的沒錯。剛好公司突然要派我去工廠駐廠，那邊需要日文人才，可以又當翻譯，又當工作幹部。我去觀音工業區住了幾天，過著廠區生活。前面是辦公室，後面是宿舍，中間是餐廳，一天二十四小時全部在那塊地方。我不要！這不是我要的人生！於是我就辭職了，賠錢離開，賠那趟日本旅行的機票錢。」

後來阿環去一家童書出版社工作，向理想靠近了一點點，稍微開心了一點點。

那年夏天，K回台灣過暑假。他們在兄弟飯店飲茶，照樣愉快地談天，飯後，K送她去搭公車，他們走得很慢，每一步都像在測量，測量彼此的未來。來到站牌，K打破了沉默，看著她說：「不會把握妳的人，很笨，對不對？」每個字，阿環都聽進去了，只回答他一個字：「對！」公車來了，她立刻上車走了，沒有掉一滴淚。這是他們最後一次見面。

我感到哀傷，也覺得K的內心，其實是有掙扎的，「上車後妳有回頭看他嗎？」「沒有，他話都講這麼清楚了。我不回頭看，是自尊，也是自信，我覺得至少我知道我是什麼樣的人，人最悲哀的是看不清楚自己。從小學、國中，被問你的志願是什麼？我除了想當老師以外，就想要當一個賢妻良母，連剪貼簿都貼滿報紙上的食譜。」

阿環善於照顧人，天生喜歡照顧人的工作，老師和母親，這兩個願望她都做到了。她一邊在出版社工作，一邊準備中小學教師資格考試，其實工作忙到根本無暇念書，但善於考試的阿環還是順利考過了教師甄試。峰迴路轉，回到教書這條路上。「教書以後我很快樂，到現在還是很快樂。現在教一年級，我一直喜歡教低年級的小朋友，即使現在常被說像是阿嬤帶孫子了，我還是好喜歡，也一直被家長信任。」

這是阿環一開始就該走的路，卻繞了遠遠的路，從東北亞繞回台北，也許只為了命運裡那段混沌曖昧未成形的愛情，似乎沒有開始便已結束，卻比她之前對我說過的每一樁暗戀都進了一步，更看清自己一步。

阿環開始教書不久，便有熱心的老師幫她介紹男友。那位老師有一本手帳，記載著他認識的所有單身老師的各種資料，他專門幫「老師配老師」。

「你們算是一見鍾情嗎？」

「算吧，而且我阿嬤很喜歡他。」

「因為他會寫字嗎？」

「對，因為他會寫字，今年我們家春聯就是他寫的，他真的會寫字！」阿環笑了，眼淚滾下來。我始終弄不清楚她什麼時候眼睛不舒服，什麼時候哭了。

偶然

如果你看過卡通《小甜甜》，請從記憶裡召喚陶斯口琴吹奏的那首曲子，蘇格蘭民謠〈*Annie Laurie*〉，有人就稱它「陶斯戀曲」；如果你不記得旋律了，那麼YouTube上可以找到〈*Annie Laurie*〉鋼琴曲、吉他曲、合唱曲，也非常動聽。只要跟著旋律，想像陶斯吹著口琴的畫面就可以了。

我和高中同學萍見面，本來請她談自己的音樂經驗，她卻幾乎都在跟我聊阿秋。阿秋是我們共同的摯友，她在二十七歲美麗的盛年一場意外過世。我們高一那年，電視熱播《小甜甜》，阿秋深愛陶斯，為了陶斯還加入了口琴社。

萍對我說起了高中生涯裡擠專車的場面。我從沒坐過專車，我家的路線得轉三趟公車到學校，我是遲到大王。萍和阿秋都住板橋，從台北車站有班專車直達學校，只要擠上那班專車，就不怕遲到。「專車上，學妹要禮讓學姊，坐的人要幫站著的同學拿書包，有時疊到鼻尖前。阿秋是什麼也不管，一上車就開始打瞌睡，車一轉彎，手上的書就掉地上，她晚上都在看閒書，白天拚命打瞌睡。放學更要擠上專車，因為要趕回家看《小甜甜》。我總記得阿秋在車上神經兮兮呢喃：陶斯！噢陶斯！」

阿秋平日獨來獨往，看起來也很像陶斯，其實受家裡的束縛很大。他們家開雞蛋店，父親好賭，母親要送貨、收款，非常忙碌，姊姊很強勢，弟弟不管事，因此母親不在時都是阿秋看店，她自由的時間只有在學校。她不停地向租書店租書，可能也是因為要顧店的關係吧。

我說，阿秋真的博學，什麼書都看。萍卻說：「妳才博學吧。那時候妳都在講什麼尼采啊，沙特啊，我知道這些人是跟著妳認識的啊。」唉，那是跟著我大哥讀的，大哥念社會系，我跟著他讀一堆很有水準的書，其實大半是讀不懂的。而我自己的書，都是古典小說，關於西方翻譯小說，我是跟著阿秋讀的。

我曾寫過一篇散文〈最初的夢——記我年少時的朋友秋〉，細說我和阿秋的友誼，從天橋上的「脫隊」開始。這篇文章被收在一些散文選本裡，萍搖頭，沒讀過這篇，於是我簡述了那個脫隊的下午。我們一票同學走在中華路的天橋上，大夥說要去J家玩。我跟J並不熟，可能是跟著萍去的吧，那時我跟萍最要好了。路上，J和阿秋拌嘴了，她嘴一抿：「那我不要請妳去我家了啦！」阿秋冷冷地說道：「我又沒有說要去！」也許只是那一刻我恰好走在阿秋的身邊吧，阿秋放慢腳步，我跟著她放慢腳步，我們就這樣漸漸地脫隊了。我們轉身朝反方向靜靜地走了一大段路，等遠離了大家，兩人一起放聲大笑，一路走到了重慶南路，在那裡逛起了書攤，阿秋把她喜歡的書放我手上，那打開了我全新的視野。

萍聽得迷茫，不知是否感到被背叛的表情：「那天，我應該就在一起去J家的那群人裡面……」

「那時候我們每個週末都在中華路、重慶南路上閒晃啊。」我本來是跟萍整天膩在一起的，因為都是矮個子，排隊什麼的，只要照高矮分類，我們就會被分在一起，「我們常在中華路上晃來晃去，窮到只能吃牛肉湯麵，加很多酸菜。」

萍大笑：「那家店有個『小心碰頭』的標語，我倆每次看到都會說：我們不用小心！」

「我們那時候也常去中正紀念堂，一直繞，一直聊天，不知道講什麼東西，或是一直唱歌。羅蘭《飄雪的春天》就是妳借我看的，之後又看了《綠色小屋》，瓊瑤也是妳推薦我看的。金庸是跟著阿秋看的……」我細數那個閱讀饑渴的少女時光裡，如何一點一點從自己的「古典世界」裡走出來。

萍好惆悵，「那本《飄雪的春天》是我跟阿秋合買的，一百三十元，我沒錢，就跟阿秋一人出一半，看完以後猜拳，猜贏的把書留下來，我後來猜輸了。」

我說阿秋真的好可惜，她真的早慧。只要想到她就很難過。萍卻跟我講了一個詭異的場景，那是她最後一次見到阿秋。她和小慧、幾個住板橋的同學週末一起去找阿秋。那時大家都已開始上班了，阿秋在一家日商公司。我仍記得他們家，那個雞蛋店，一樓堆滿了整筐整筐的蛋，二三樓是房間，那種房間沒有床，整片的榻榻米，幾乎沒有採光，白天也是昏暗的。萍說：「每次去找阿秋，我只要在門口喊，她媽就會說：上去！」

「我知道，我還在她家住過呢。」我爸媽開明隨和，通常是我帶同學回家，但阿秋不行，她總是說：我要幫我媽賣雞蛋，因此有時我留下來陪她一起賣雞蛋。

萍說：「那妳應該記得她家，非常狹窄的空間，我每次去找她，如果不在看店，都在睡覺，從一坨棉被裡露出一隻手臂或一隻腳……」

跟她一起睡過，我知道！她是用棉被把整個人，連頭全部蒙住的那種睡法，似乎缺乏安全感之類的。

「那一次去找她，我印象很深。我們在她家二樓聊天，聊到黃鶯鶯的〈哭砂〉，秋好像很喜歡黃鶯鶯，以前就常聽黃鶯鶯翻唱的西洋歌曲。那天好奇怪，我們竟然圍在一起清唱這首歌。『……風吹來的砂，穿過所有的記憶，誰都知道我在想你，風吹來的砂，冥冥在哭泣，難道早就預言了分離……』我後來聽到這首歌就好難過，就會想起這一幕，而且覺得毛骨悚然。那個下午很安靜，那是冬天，有一點陽光，我們幾個女孩子很輕很輕，淡淡地唱這首很悲哀的歌，氣氛好詭異，當時我就覺得有點怪。所以妳說要談五年級的歌，我第一個想起的，是這首〈哭砂〉。」

萍和阿秋國小時就認識了，她們念埔墘國小，不同班，「她小時候就長得很可愛，鼻梁很挺，綁個辮子，看過就會記得她。」國中念海山，是那種按分數分班，而且每一個學期分一次班，競爭非常激烈的學校。我說我們那種鄉下學校，沒辦法想像你們這種名校是這樣搞的。

「阿秋本來是在第四好班，第二學期跳上來，才跟我同班。」

「第一好班嗎？」

「不是，我是遇強則強，遇弱則弱，永遠在那裡，永遠都在第二好班。有的人跳來跳去，每學期都要重新繡學號。我們家離學校有一條小路，我常跟阿秋一起回家。她走路是用腳尖，我媽以前就講她，這樣不好，人走路就是要踩地。她走路很快，我每次跟在後面累得半死，叫她走慢一點，她說走太慢，東西就都要被姊姊和弟弟吃光了！」

我不記得她弟弟，但是對她姊姊印象深刻。有一次去她家，看她姊在啃青蛙骨頭，說要做一個青蛙骨頭的標本。她是北一女的，那時號稱要念心理系，指著阿秋說：「我念心理，第一個就研究妳！」後來她念了牙醫，我們都覺得，怎麼有人敢給她姊看牙齒啊。後來她真的開了牙醫診所。

萍說：「阿秋從小就要幫忙顧店，不太能出來。我媽會叫我去他們家買蛋。有一次我媽叫我去買蛋，說要挑大顆的。阿秋說『隨妳挑！』大老闆的口氣，我揀來揀去想挑最大顆的蛋，一不小心，砰！那一簍蛋全破了！我尖叫，阿秋說，『沒關係，我跟我姊打架也都是用蛋，反正我媽不在。』」

啊，我們想起中學時秋的便當盒裡都是蛋！那些破掉的蛋，就直接打在飯上，我不知道秋恨不恨雞蛋，不過大家都拿食物跟她換雞蛋。確定的是，阿秋最恨中秋節，因為很多店家會跟他們訂大量的蛋黃做鹹蛋，萍說：「我們去找她，圍在她身邊，她就一邊聽我們說話，一邊：叩、叩，不停地打蛋。」

阿秋在學校很安靜，主要的朋友就是從小一起長大的萍。而我跟阿秋卻有著神祕的緣分。從天橋上的脫隊開始，我們交換閱讀的書，後來班上玩起小天使遊戲，萍想起來：「對！是高三的時候，念書太緊繃，導師想讓我們放鬆一點。」

「高三嗎？我不記得，而且我一定沒有認真做，所以完全不記得自己做了誰的小天使。但是阿秋是我的小天使，她會寫卡片、寫信給我。」

萍笑了：「她那個小學生的字，一看就認出來了啊！」

「就是說，所以我一開始就知道我的小天使是阿秋。她有時還會在我抽屜裡放七七乳加。」

短暫的交會裡，阿秋，真的是我生命裡的天使。

阿秋大學聯考意外落榜，其實她功課不錯，至少比我好多了，還有個恐怖的姊姊會盯她，重考一年，很離奇地還是落榜了。她去念銘傳三專，畢業後到日商公司工作，卻在一次公司旅遊，旅館發生瓦斯外洩，一群人集體中毒意外過世。得到訊息時，我在洛杉磯念書，寫聖誕卡給她，收到的卻是她姊姊的回信。

我說，「阿秋應該念文學的，她的底子太好了，如果念了文學，命運會不會不一樣？」

萍說：「她不行，她要賺錢啊。妳不記得嗎？她一直講說她要賺大錢，立志當富婆，她有家庭的壓力。」

我問萍，這一生，阿秋到底有沒有交過男朋友啊？我記得她暗戀公司裡的上司，萍想了想，「好像有這回事，但是來不及，她還來不及戀愛……」萍倒是想起阿秋被她鄰居暗戀的事。「那個男的叫什麼名字我已經忘記了，他好喜歡阿秋，阿秋覺得很煩。」

（人生就是這樣嗎？你暗戀別人，別人暗戀你，總是沒辦法對準……）

「那個鄰居常打電話給阿秋，還一直寫信給她。我跟小慧兩個看信笑到不行，一起幫阿秋寫回信拒絕他。我還記得，最後把信放進信封，要寫寄件人住址，我們就說不要寫好不好？後來我們在住址欄裡寫了一句話：『你記得也好，最好你忘掉』。」

真是少女的殘忍啊，我笑出了眼淚，而〈偶然〉，是阿秋很愛的一首歌啊！

我是天空裡的一片雲
偶爾投影在你的波心

你不必訝異　更無須歡喜
在轉瞬間消滅了蹤影

你我相逢在黑夜的海上
你有你的　我有我的　方向
你記得也好
最好你忘掉
在這交會時互放的光亮

在中正紀念堂，我們一遍一遍地繞圈子，阿秋常「點」這首歌要我唱。那時候我們並不知道，唱的正是她那始終衝不出桎梏，卻曖曖含光，美麗短暫的一生。

月琴

我的同學雅貞回答我，成長過程中印象最深刻的一首歌。「妳記不記得，高二我們去靶場打靶，那一天的天氣有種肅殺的氛圍。我看著陰鬱的天空，唱起了〈月琴〉。整首唱完，身旁的同學抒口大氣：好淒涼喔！」

「鄭怡的〈月琴〉？那首歌的key很高耶。」

雅貞哈哈一笑：「妳現在聽我的聲音不覺得我可以唱那首歌，那時候我聲音沒有那麼低喔。對，我聲音壞了，大概是吼小孩吼出來的。聲音愈低，講話的方式、習慣好像也變了。」

我懂，我寫過一篇散文，標題就是〈聲音也會老的〉。不過荳蔻年華的雅貞唱著悲傷的〈月琴〉，跟她在我記憶裡健康開朗的形象有很大的反差。更訝異的是她竟提起那次打靶經驗。我記得的畫面，當我趴下瞄準時，看見一隻小粉蝶在草地上款款翩飛。暴烈的槍與柔弱的粉蝶讓這人生中唯一的一次打靶課，成為我高中生活裡深深的一道刻痕。我以為這道刻痕為我獨有，沒想到雅貞第一件要告訴我的回憶，就是這一天。

「可能我從小就尊敬那種為大愛犧牲的人。高中的時候對於慷慨赴義的故事特別容易感動，林覺民的〈與妻訣別書〉，蔡琴唱過的〈秋瑾〉、〈出塞曲〉，我都好喜歡。」那天的軍訓課，站在一個虛擬的戰場，我們即將拿起真槍實彈，雅貞心頭湧上難以言說的情懷，「看著那天空，我情不自禁唱起了〈月琴〉，記憶散去了，但想起自己那麼專注唱著這首歌，那一天的氛圍就整個想起來了。」

「對耶，妳是儀隊的！」我們班高個子特別多，一升上高二，好幾個同學被選進儀隊，在我們放學一哄而散之後，她們天天得留下來練轉槍。我明白那種「我居然可以擔當」的責任與榮耀，但對我這種四體不勤又肢體協調有問題的人，連想像都覺得是災難。

雅貞並且被選為區隊長，練槍之後要練劍。那真的是金屬的劍，只是刀鋒沒有那麼利，我說：「如果是我，大概每天戳自己幾百個洞吧！」

「我們一開始也是啊，剛開始耍劍都要閃，有時候甩甩甩，要收起來的一剎那，沒收好會打到的。我們得練到收起來是直的，就發現手腕的力氣很重要，轉完拉起的時候妳得握得住。」她指著右手中指，「我們那時候每個人這裡都磨破了。破了就貼OK繃，再練。可是一點都不覺得痛，那時候可以用盡所有的力量……」我咀嚼「用盡所有的力量」幾個字，心頭一熱。

我問雅貞表演之前會緊張害怕嗎？她氣定神閒說不會。噢，這回答跟我的預期不一樣。我又問在表演過程中，有沒有出過任何差錯？我想多多少少總有點小意外吧？沒想到雅貞仍然毫不遲疑說：「沒有。」

更強烈地再「噢！」一次，「是怎麼樣可以達到的呢？」

她說：「其實很簡單，就是練！」

雅貞緬懷地說：「有一次我在電視上看到訪問景美儀隊出身的名人，回顧她們操練的往事，忽然很想再去拿把劍來耍。」

「還會嗎？」

「應該還會。」

這次我沒有「噢」了，這是她曾經用盡所有力量投入的事，我相信的。

雅貞的高中生活有很大部分的重心在儀隊，她是高個子，跟我本來沒什麼交集，我們偏偏很要好。回想起來，是因為她溫暖的個性，高二國慶日那天，我們這些高中生一大早就得到總統府看台上當排字的人牆。雅貞主動邀請了我和住在基隆的招瑢前一晚去住她家，免得我們這些「偏遠學生」趕不上集合時間。那一晚，我在她房間裡讀完了整套的《小甜甜》漫畫。

收到雅貞結婚喜帖時我正要出國念書，買了個小禮物去看她，也請教留學生活指南，她是我們那年代少有的「小留學生」，高中畢業直接出國念美國的大學。多年後聽萍描述那場華麗婚禮，她講得很激動：「她老公那邊出席的女生，都是影視明星，一個比一個漂亮，但是，我們景美女中的也完全不遑多讓！一大批景女儀隊的，我一個小矮人，忽然置身一群長腿美女中間……」

時隔三十年，我終於有機會問雅貞，為什麼會嫁給民歌手Y啊？

雅貞大學在芝加哥念北伊利諾大學（Northern Illinois University），那時台視有個綜藝節目「大學城」，這節目發掘培養了許多校園歌手。「大學城」曾介紹美國各個大學，出外景到了北伊利諾，校方指派雅貞負責接待、介紹學校。雅貞大三初夏回台北，她因為曾轉校的關係晚了我們一年，同學們都在忙畢業考，沒空陪她玩，她給大學城的朋友打電話，那時各大學正籌備畢業晚會，許多學校邀請大學城歌手到晚會演唱，他們說，反正妳沒事，跟著我們去巡迴吧。

「我就跟著他們到各個大學跑，台南家專那一場，有一位歌手臨時有面試不能來，他們說，那妳頂上去吧！我就真的上場去幫她唱。」

哇，唱了什麼？

「〈當客人離開的時候〉。」

說真的，我沒有聽過。

「是陳文玲的歌，《飛揚的青春》裡的一首。我跟他們巡迴了好多學校，他們唱的歌我都聽熟了，他們叫我上去唱，我就上去，那時候根本不知道怕。」我想，儀隊給予她的訓練，絕不止於耍槍練劍而已。

「不久是端午節，那天早上他們要在台視的划龍舟節目裡唱歌，裡面有個人發燒不能去，我睡夢中被他們叫起來，妳快點來大稻埕，有人臨時不能唱，快來幫忙！我到時，所有人都在遊覽車上等著錄影。在那遊覽車上，遇到了Y。」

「然後他驚為天人，就開始追妳嗎？」

「哈哈沒有！」雅貞大笑，「那天根本沒什麼交集。錄完，晚上party、吃飯、玩耍，我住在一個女生的家裡，聊到很晚。隔天早上，Y的宣傳打電話給我朋友，問她昨天『那個女生』是不是在妳家？她說是啊，宣傳問可不可以請她來幫個忙？」原來Y準備要拍MV了，導演以為公司會找女主角，公司以為導演會找，當天就要開拍，才發現竟然沒有女主角！他們輾轉找到了只有一面之緣的雅貞。

「我本來不肯，我沒拍過啊，我也沒衣服。朋友說衣服我借妳，妳就當玩玩，學個經驗嘛，還可以賺五百塊。我就去了，就這樣子。」

就這樣子。所有的緣分，都是一個一個偶然湊成，從大學城老遠跑到芝加哥去做節目開始，一下這個發燒，一下MV沒有女主角，這些奇妙的偶然把他倆拉在一起。

「才忽然發現我們很聊得來，但我認識他之後，隔兩天就要回美國了。他跑到機場來say bye-bye，我媽也在，沒機會說上話。那時他就覺得，想要繼續。我們還沒來得及『認識』啊。」

雅貞回到美國，準備上暑期課拿一些學分，「我們一天到晚通電話，有一天他忽然問我：妳可不可以不要念Summer的課？好吧，我又回台灣了。我媽很生氣，怎麼又回來！妳買月票嗎？」

過完了暑假，雅貞真得回去念秋季班了，那時Y為了發片，延畢一年，他再度央求雅貞，可不可以休學一年？等一年後他去當兵，她再回去把學位念完？「我就做了這個決定，自己去辦休學一年。我爸媽氣死了，全家暴怒！」

我愣了愣：「那一年要做什麼？」

「談戀愛啊。我去找了兒童英語教學的工作，Y準備發片，兩人工作都不是朝九晚五，有很多時間相處，可以說，這一整年，我就是回來談戀愛的。」

「天啊，我如果是妳媽可能也受不了！」

「我爸媽是真的生氣了，我說你們放心，我一定會把書念完的，就給我一年的時間！而且我有工作，教英語啊。我就這樣過了一年。後來他去當兵，我就回去把學位念完，回到台灣，隔了一年，我們就結婚了。」

「戀愛假一年，真是可歌可泣！」

「其實我一直很聽話，出去念書也是爸媽的安排，這輩子就叛逆這麼一次。」

多年後，許多次我們同學會聊得難分難捨，入夜走出餐廳，經常發現Y在路邊車裡默默等候雅貞。她父母應該早已釋然。不過我還好奇一件事，「妳跟大學城朋友玩在一起，甚至上台去頂替，還拍了音樂MV，會刺激妳也想走那條路嗎？」

雅貞對於自己的人生總是那麼篤定決斷，她說：「不會！妳跟他們在一起，就知道自己唱得不夠好。」

走出我們約會的餐廳，陽光明媚。這是五月中旬，過兩天，台北因為新冠肺炎疫情升高，防疫警戒升級，幾近封城，餐廳不能內用了。我努力回憶高中時代雅貞的聲音，想要藉由歌聲，回到那時光。我想像她唱著：「抱一支老月琴，三兩聲不成調，老歌手琴音猶在，獨不見恆春的傳奇……」十七歲的雅貞那麼美；回想她穿著儀隊制服持劍的模樣，十七歲的雅貞那麼帥。而想到她的戀愛假，啊，我也覺得真是帥呆了！

行船人的純情曲

人人都需要幾個「有用」的親戚。比方我先生是研發電腦的，沒事就被親戚叫去修電腦。我是中文系，常常得幫忙解答親戚小孩奇奇怪怪的國語考題，或是分辨收到的春聯，哪一張是上聯、哪一張是下聯之類很有文化的生活疑難。小兒善攝影，親戚婚禮，他從頭到尾得跟拍，連口喜酒都吃不上。我大哥最好了，他是社會學教授，大家都不知是做什麼的，從來沒有親戚去煩他。而我有個「有用」的好親戚阿泰，他是厲害的木工，我們家換房子、裝修廚房大小事，都是「叫阿泰」，每個親戚動不動就「叫阿泰」。

阿泰是我二表妹瑛瑤的先生，長相忠厚，虎背熊腰，他幫我訂製的書架，是怎麼樣堆滿雙層，也可以用到地老天荒那樣厚實可靠的。近期家裡有個小工程請阿泰來幫忙，見著他，我想起多年前，我在國外念書暑假回國，擔任大表妹婚禮的伴娘，婚禮前後，大夥曾經一起去唱過一次KTV。阿姨家所有小孩全部木訥害羞，也不大會唱歌，但輪到阿泰拿起麥克風時我嚇一大跳，哇，「這位弟弟有練過！」

阿泰國中畢業就開始做木工了，他說：「那時家裡在東園街開個小工廠做家具，做好以後送到店裡。我從小就看爸爸做木工，家裡也請很多師傅。但後來生意不是很好，慢慢面臨轉型的需要。剛好我三哥的同學是學設計的，在設計公司上班，拉三哥過去幫忙，我們家趁此把家具工廠收起來，接外面的室內裝潢來做。那時我國中剛畢業也沒興趣再念書，就跟著哥哥，四個兄弟一起做。」阿泰邊做邊學，常看設計書，後來看看照片，甚至不必畫施工圖就能做出書上的樣子了，高級豪宅的案子也會做到。

阿泰跟哥哥四個男人是三十年合作無間的team，股市景氣熱絡的年代，餐飲業大盛，那時他們接很多餐廳的裝潢，手下三四十位師傅，具象的繁華盛景就從他們手裡締造，那真是裝潢業的美麗年代。現在工人四五個，阿泰也想著該退休了，老婆早就要他退了。

「說起來，阿泰，你喜歡你的工作嗎？」

阿泰沒有猶疑，「喜歡啊，我們做出成品給人使用，當人家保護得很好，再去看的時候，東西還是存在那裡，感覺真的滿開心。知道別人喜歡，珍惜我們做出來的東西，很有成就感。」

但是……阿泰你為什麼那麼會唱歌啊？是每天一邊刨木頭，一邊唱歌嗎？阿泰靦腆地笑，「偶爾啦，要看工作量，趕工的時候，真的不會去唱歌，而且要看設計圖，要花腦筋想，沒有那個心思。全盛時期，同時要帶三四十個師傅做，每個都要照顧到，沒有心情唱歌啦。差不多工作快收尾的時候才有辦法聽一下，哼兩句。」

「會跟師傅大家一起合唱嗎？」

「合唱？不會！頂多自己哼哼……」阿泰重複了一次我的問話，「大家一起合唱？從來沒有這種事情。」

但工地總是有歌聲的，「早年工作的時候，師傅會帶一台手提收音機，主要是放電台節目，那時候很少放錄音帶。師傅年紀普遍大我十五六歲以上，我是五年四班，他們是三四年級，還有二年級的，我跟我大哥就相差十八歲了。他們常常聽小林的電台（按：小林是民國六十年代台北民本電台知名主持人，後創立小林眼鏡公司），電台播什麼我們就聽什麼，廣告歌也聽得很高興。退伍以後跟著設計師跑，比較常聽搖滾一點的，像伍佰、薛岳。結婚後，璞瑤喜歡張清芳，我也跟著她聽。小孩長大以後，變成跟小孩聽林俊傑。」

阿泰好像從未握有音樂的主導權，「那你最喜歡誰的歌呢？」阿泰說，「洪榮宏、陳一郎都喜歡，真要選最有代表性的，應該還是陳一郎。」

我自己很喜歡洪榮宏的歌聲，尤其他的台語老歌真好聽，對陳一郎的印象卻只有在中視綜藝節目《歡樂一百點》裡的英文老師「瑪爾寇陳」，覺得他呆得很好笑。阿泰說，洪榮宏比較秀氣，還是粗獷的陳一郎最符合工地的氣味，民國七十年代，只要有工地，就有陳一郎的歌聲。〈行船人的純情曲〉（原作：〈討海人的心聲〉）是成名作，還有〈行船的人〉、〈港邊戀情〉、〈阿郎阿郎〉、〈紅燈碼頭〉、〈流浪的歌聲〉……阿泰如數家珍。

不過，陳一郎有「酒國歌王」封號，我問阿泰喝酒嗎？不喝。我想他們可能都喝電視廣告裡說的，保×達、維×力吧？沒想到阿泰說：「沒有！我們不喝。那些含酒精的飲料我們都不喝。以前發生過，有師傅在工地喝了點酒，結果跟人起了小衝突，對方認為我們在找他們麻煩，以後我們就禁止師傅在工地喝酒，要喝下班去喝。我們只喝礦泉水、咖啡、茶。酒精性飲料太危險了，我們有些工具一切下去，手就斷掉了，一點都不能馬虎。」

「你們最大的職業災害是什麼？」

「手被電鋸鋸到，我沒有過，但是曾經被空氣槍打穿過，很痛，還好痊癒了。我二哥就有三隻手指頭被切掉，雖然有接回來，但已經不靈活了。所以我要求師傅晚上早點睡，精神一定要好，一旦有閃失，幾乎是無法挽回的。」

就算很小心，還是有幾個無可避免的職災，首先是腳的損傷。「我們這是勞力活，經常要蹲。以前最怕釘地板，要跪在那邊釘，是真的跪著。」我問阿泰，「一跪要跪多久？」

「一天！」

第二是空氣不良，木屑、煙塵、油漆味都避免不了。還有噪音，長期的高噪音，阿泰說：「我的耳朵，有一些音頻聽不見了。有時是機器的聲音，有時是敲打牆壁。所以我們跟人講話，人家以為在吵架，是因為音量會不知不覺提高。」

不過這些都不是裝潢工作中最痛苦的事，「最痛苦的是跟設計師或業主溝通不良！有的是一直要我們改，又說不出他真正想要的，最怕的是這種，改改改，改到他喜歡。有時設計師設計的東西不是業主喜歡的，設計師講一套，做出來業主要我們改，等於做雙倍的工。」

「會氣到跟人吵架嗎？」

「會啊！那時年輕氣盛，只想把事情做好。」

「會打架嗎？」

阿泰笑了，「不會，不會啦！絕不會動手的，只要動手，一定是我們吃虧，情理上站不住腳啊。再生氣也只能口頭上爭論，但我也碰到過有人拿著水泥抹刀朝我身上捅下去。那是業主自己叫來的水泥工師傅，溝通不良，他覺得我們找他麻煩，又喝了威士忌，我縫了好幾針。在工地真的不能喝酒，火氣不能太大。所以工地裡放個音樂，對大家心情上比較好一點，不然就只有機器的聲音、敲打的聲音。有個音樂可以調適心情和氣氛。」

調適心情和氣氛？那會聽古典音樂嗎？

「古典音樂？哈哈，不會！那沒辦法，師傅會不知道我在幹麼吧。」

其實阿泰也聽古典音樂的，在家裡聽，因為兩個小孩都彈一手好鋼琴，當他們疲憊、課業壓力沉重的時候，會坐下來彈一陣子，彈到心情平靜下來，再回去念書。那時阿泰往往正獨自在餐廳裡吃著飯，靜靜聽他們彈琴。小孩學琴，我表妹也跟著偷學，有時，客廳裡的琴音來自她較孩子們生疏的手指。

「阿泰，你的人生很幸福噢？」

阿泰總是那麼篤定，沒有半秒的猶豫：「對啊，娶了渼瑤以後變得不一樣。我剛好碰到她，剛好比較幸運。」

台北的天空

飛往洛杉磯的那個夏日午後，跟爸爸、二哥揮手道別，走進機艙，我以為自己很勇敢的，一找到座位、安置好行李，心從很深很深的內核酸楚了起來。那時媽媽過世了；我的工作飄泊無根，不知道自己究竟想做什麼，辭掉了好不容易才輾轉進入的大報。那一年，很晚熟的，初次懂得愛情裡複雜殘酷的況味。我告別的不是愛情，不是記者工作，而是純真的少女年華，我告別我自己。當飛機起飛的時候，淚水流個不停，我的臉幾乎貼著小窗，不敢轉為正面，無意識地盯著逐漸拉遠的大地，雲層上頭還有雲層。也似乎是無意識地，在心頭響起這支我記不全的歌：「風好像倦了，雲好像累了，這世界再沒有，屬於自己的夢想。我走過青春，我失落年少……」是誰寫的歌詞，在那時刻，完完全全熨貼著我的心？

那一刻絕不會想到，多年後，我和這位詞人成為要好的朋友，我們一次次攜手登台，在《文訊》籌辦的「文藝雅集」上為資深作家獻唱表演：演過《色．戒》，扮過戲鳳、梁山泊與祝英台，有一年，還合唱了他作詞的〈九月的高跟鞋〉。那一刻更不能想像，這首〈台北的天空〉是在什麼樣的情境之下寫出來的。

那是陳克華大量作詞的年代，製作人為專輯向他邀稿，通常繳去十來首作品，會選用一二首譜成曲，但〈台北的天空〉是十萬火急了才把他抓去唱片公司當場命題作文！

「〈台北的天空〉是王芷蕾加入飛碟的第一張專輯《王芷蕾的天空》當中的主打歌，公司很重視。那還是三台八點檔的黃金年代，唱片公司得付錢給電視台，才能夠搭上八點檔連續劇的片頭或片尾曲。那部戲叫作《花落春猶在》，馬景濤、徐樂眉主演，歌的旋律已經有了，是陳復明作曲，但是原來邀請作家填的詞不太合適，而戲已經要上檔，再不進錄音間就要開天窗了。他們緊急找我來，播放旋律給我聽，大致告訴我那個連續劇在講一個異鄉遊子，在美國念書然後回到台灣的故事，標題

〈台北的天空〉，讓我當場填詞。我匆匆忙忙寫完就走了。」

「你寫了多久？」

「大概十分鐘吧，因為他們一直催我啊，說趕快、要錄了啦！」

天啊！這是七步詩嗎？

「這首歌就是這樣匆促寫出來的，不知道為什麼那麼紅。」

我想，一首歌的風行，跟時代的氛圍是有緊密關係的。〈台北的天空〉作於民國七十四年，正是台灣錢淹腳目的年代，城市的自信心起來，可能台北人需要一首自己的歌吧。而民國七十至八十年代，大學畢業生大量留美，尤其是念電機、電腦。我到南加大那一年（民國八十年），校方有個歡迎留學生的迎新會，當介紹到各國學生時，該國同學站起來，大家為他們鼓鼓掌。印象中，每個國家大概都是數十人吧，也有個位數的，來自香港的有四五百人，場面略顯騷動，念到來自台灣，我們嘩的一聲站起來，沒記錯的話大約有八百多人，校長說，我們的校名應改為：台灣大學，洛杉磯分校，台下哄然。我的第一任房東，簽約時只有一個要求，倘若要退租，必須找到另一位「台灣同學」承租，連押金都不必。台灣學生勤奮用功又有錢，除了愛煮飯，廚房有油煙之外，是最理想的房客。我想，大量的異鄉遊子，需要一首思念台北的歌吧。

克華說：「這首歌真的是陰錯陽差，而且我也不是台北人。」我說，那你有幫花蓮寫首歌嗎？

「我回花蓮，大家都說你為什麼不寫一首花蓮的歌？我說我有寫，可是都沒有人譜曲。他們後來就說不用了，我們已經決定有花蓮的歌了！」

「是什麼？」

「就把『台北的天空』改成『花蓮的天空』，他們說這樣最快！」

「哈哈哈，那台中也有了，台南也有了，全台都有了！」

陳克華是詩人，是眼科醫師，而在這兩個身分之外，他實在是興趣廣泛才華洋溢，攝影、繪畫、裝置藝術……什麼都有興趣，什麼都能玩。這些身分裡，最被熟悉的是作詞，知名度有時甚至壓過他的詩人身分，因為流行歌曲影響力，實在太大太廣了。

陳克華是五年級的最前段班，也是外省人家，聊起音樂的養分，跟我非常相似。

「我從小聽幾類音樂：一是黃梅調，小時候聽《梁祝》會哭；二是文藝電影的配樂。像香港邵氏、電懋出品的電影，所以我特別推崇姚敏和姚莉這對兄妹。姚莉會唱，姚敏作詞作曲，多產到你無法想像。我們熟悉的N首電影歌，你所能想到的，〈情人的眼淚〉、〈總有一天等到你〉、〈我要為你歌唱〉、〈春風吻上我的臉〉、〈江水向東流〉、〈我有一段情〉、〈神祕女郎〉、〈站在高崗上〉、〈雪山盟〉都來自姚敏筆下！

「再大一點，就是現代民歌，楊弦、金韻獎，我國中就開始聽。到了大學時代，一度聲樂家唱民歌很風行，像姜成濤……」

「哇！我幾百年沒聽過這個名字了。」

「他很有趣，把什麼歌都唱成山東腔。還有成明，他還成立了成明合唱團。」我很激動，這個名字也消失很久了：「我以前還有他的錄音帶：《黃山．奇美的山》。」

「對對對！我們真的是同代人，有共通的語言。」

另一方面，也跟我相似的過程，「那時候誰不聽西洋歌曲呢？其實我是亂聽，看余光在台視的節目《青春旋律》，那是我在花蓮唯一吸收西洋音樂的管道。」

與我不同的是，我小時夢想學鋼琴，家境根本不可能，克華是醫生的孩子，小時候是被「逼著」去學小提琴，但那卻成為他痛苦的記憶。「我在學校是優秀的學生，都第一名，一向是老師最喜歡的。可是小提琴老師一律打，你拉了三四十分鐘，拉完以後，老師會更正，或是在譜上寫一些記號提醒。好，琴收起來，手伸出來，打！每一件沒做到的就打，永遠有沒做到的！」是啊，能完美演出，還需要上課學習嗎？「我受不了，中斷了。爸媽覺得花那麼多錢讓你學音樂都沒學成，認為我是一個沒有音樂天分的小孩，這輩子跟音樂不會有什麼緣分了，就專心讀書吧。後來我寫歌，他們非常驚訝。」

寫歌的緣分還是從寫詩而來。克華早慧，最早發表的詩，就在《聯合報》副刊，那時他還是個高中生。大學到台北來念台北醫學院，主編瘂弦說，你來聯副吃個飯。北醫跟聯合報大樓那麼近，於是他認識了瘂弦和吳繼文、趙衛民、丘彥明幾位聯副大將。大二（民國六十九年）就獲得時報文學獎，有一天《中國時報》人間副刊主編高信疆出現在他住處門口，跟他說：「恭喜你得獎，我想請你吃個飯。」把他帶去吃西餐，那是他生平第一次吃西餐，高信疆還教他西餐禮儀。他也認識了時報的季季、航叔（陳雨航）、駱紳這些副刊史上重要的編輯。那時一年得一個大獎，包括全國學生文學獎，於是又認識了梅新，又有《中央日報》副刊的朋友請吃飯。

「那真是一個美好的年代！」

「一天到晚有主編請吃飯哦？」不只主編，台北文壇好多好多飯局，大家沒事就把這個小朋友叫上。

「有一次，是管管家的聚會。那時管管、袁瓊瓊住在花園新城，週末有什麼活動就叫我去。管管在拍戲，認識了一堆影劇界的人，做音樂的、寫劇本的，大家常常禮拜六往那跑，吃完飯聊天一直聊到第二天天亮，累了，客廳到處隨意躺一下。我在那裡認識很多人，萬仁、柯一正、張北海，還有導演虞戡平。」

是虞戡平把他帶進歌詞界。他正著手的電影，將由蘇芮主唱，請陳克華幫忙寫歌，也帶他認識了飛碟唱片的老闆彭國華、作曲家陳復明、曹俊鴻等人。蘇芮這張專輯拖了很久，飛碟又簽了第二位歌手，蔡琴，要為她重新打造形象，找了許多重要詞人參與，慎芝寫了〈最後一夜〉，梁弘志寫了〈讀你〉，而陳克華寫了〈蝶衣〉，這張專輯令蔡琴的歌手之路再攀巔峰。接著王芷蕾這張專輯，也是所謂「翻身」之作。

陳克華寫的歌經常上排行榜，開始在唱片界有了名氣，滾石製作人王新蓮也來找他為張艾嘉寫歌，我馬上搶答：「我知道！〈我站在全世界的屋頂〉！」

「這首歌有很多人翻唱。跟滾石合作中，還幫崔苔菁、黃韻玲、紀宏仁寫過歌。」

「崔苔菁？你是說我們從小認得的『一代妖姬』崔苔菁？」

「想不到吧？那張專輯叫作《蝴蝶》，我寫了〈唇的告白〉，李格弟也寫了〈讓我請你跳支舞〉，是首慢歌。那張專輯其實很好聽，也是想要扭轉既定形象的作品，崔苔菁正經八百地唱了這張專輯，我躬逢其盛。」

滾石之後，齊秦的虹音樂工作室也來邀詞，我最喜愛的〈九月的高跟鞋〉就是虹音樂出品。「寫〈九月的高跟鞋〉，我心裡設定的，就是都會女子的心情，其實我還很想為都會女子的代表黃鶯鶯、陳淑樺寫歌，可惜還沒機會，我就要去當兵了。」

陳克華在民國七十二至七十四年這三年多的時間裡，寫了大約一百首的歌，開始醫院實習之後不太有餘力寫歌，當兵之後就停下來了。他笑說那幾年大概星座運勢剛好走到……我說：「文曲化科！」

「文曲化科是什麼？」

「就是異途功名，文采斐然啦！」

陳克華想想，當年沒有金曲獎，但有金鼎獎，《台北的天空》得到最佳專輯，讓王芷蕾得到最佳女歌手獎，他也得到最佳歌詞獎，確實是豐收的一年。雖然著作權都被要求轉讓，但在那年代，一首歌詞五千元稿費，對於大學生來說，生活費綽綽有餘了。那一百首歌，那一段時光，而今回首，陳克華說：

「恍如一夢！」

但不得不說，歌的影響力真的是比詩大太多了，他已經淡出那圈子很久了，詩仍然勤寫，迭有佳作，但是對於七八年級世代來說，知道他的歌的人，還是比詩多。

有些詩人的歌詞，是從詩作裡改編，陳克華的歌詞與他的詩毫不相涉。「我寫歌詞，就是歌詞，這兩者內在的邏輯是不一樣的。」

「寫詩是極度個人的事，不太會在意你使用的個人象徵，有時甚至不太在意讀者。可是歌詞，基本上是商品，在創作的過程中，腦子裡面已經有商品的邏輯了。我也是慢慢被教導的。一開始我也以為寫歌詞就像寫詩一樣，只是有點押韻、對仗，他們會告訴我，歌是每個人要聽、要唱的，所以有些詞彙是絕對不能出現的。」

「教導你的是哪些人呢？」

「製作人啊，像彭國華、曹俊鴻都教導我很多。慢慢就發現，一些太個人的詞彙、或是有點色情的聯想，他們都不要。我還幫一位年輕歌手寫過歌，他叫蔡藍欽……」

「啊，蔡藍欽！」我想大概每個五年級世代的愛歌者，聽到這個名字，都會輕輕地嘆一聲，對於流星一般的美麗生命，誰不惋惜？

「我是少數見過蔡藍欽、跟他合作過的人，《這個世界》專輯錄好以後他就過世了，發片，就是他的追悼會。這專輯裡我為他寫了一首〈少男日記〉，結果公司對『日記』這兩個字也有意見。」

「日記也不行噢？」

「他們說，現在哪有人寫日記？連『日記』都被挑剔，就更不用講其他冷僻的字眼了。我在寫歌詞的時候，內心知道不能隨心所欲地寫，不要說婦孺皆解，起碼一些奇奇怪怪的意象不能夠寫進去。寫歌真的是一門專業，大家都以為會寫詩就一定會寫歌詞，這是錯的。歌詞看起來比較容易，但是它先天的限制很大，流行歌曲會有A1、A2、副歌，頂多加一個結尾C，結構比較制式，比較短，又要押韻。在商品邏輯的支配底下，還要能夠打動人心，真的不容易，可以說，一首好歌，比一首好詩更難求。詞、曲、唱，都要搭配得好，甚至整個時代的氛圍，也會影響一首歌的命運。一首紅起來的歌，真的是需要非常多的因素剛好到位。」

「你的歌有沒有在戀愛的歡愉中，或是為失戀的悲傷而寫的？」我想著〈蝶衣〉的句子：「這已經展開的春季，是本密密麻麻愛的日記，寫著愛你愛你愛你，愛你愛你……」又一本「日記」，是否來自一段美麗的故事？

陳克華哈哈一笑：「都是失戀吧，我這輩子大部分時間都是處在失戀的狀態啊。不是有那句話嗎？嘴唇只有在不能接吻的時候才會唱歌，談戀愛的時候怎麼會寫歌呢？」

一串心

好友胡金倫從LINE傳來一則消息：「初代玉女偶像沈雁在美逝世享年六十歲〈一串心〉成絕響」，底下他寫著兩個字：「心碎」。我吃驚地回了一個字：「啊！」六十歲，實在太年輕。

若把KTV粗分為兩個時代，那麼我會以「歌本」做為劃分的界線。以往KTV大桌上，必放二或三大本點歌簿。我在KTV裡幾乎不太吃東西，從頭到尾抱著點歌簿，一頁一頁細細地看，一首一首都是我們的歲月，我們的歌。然後，慢慢的，愈來愈多歌消失了，加入愈來愈多我不會唱的歌，然後有一天，另一個時代來了：我發現沒有點歌簿了！你得坐在電腦旁邊，從歌手或是歌名選歌，那是完全不一樣的點歌概念，你通常只會去選你特定想唱的歌，或是特別熟悉的歌手的歌。

不再有隨便翻翻，走走停停，隨機選歌，任意吟唱的自在。

在「歌本」時代的KTV裡，我常常會點沈雁的〈一串心〉（孫儀作詞；劉家昌作曲）。因為是三劃，「一」開頭，如果歌本從頭翻，很快就會翻到它，就會想，啊，那來唱一下吧，回味一下我的少女時光。

日前訪問五十八年次的小敏，聽她說起她國高中時代，曾有一場金瑞瑤粉絲大戰楊林粉絲，我聽得一愣一愣。只差幾歲，我的年代好像還不太有「粉絲」這種概念。那時歌壇「玉女」大概就是銀霞、沈雁、江玲這三位，都不太跳舞，就是很有氣質的靜靜地唱歌，長得美，都不豔。其中我最喜歡的是沈雁，我上高一時她的〈踏浪〉如浪花一般走來，朗朗上口，歌詞簡單卻不俗，作詞者是古月。過兩年，〈一串心〉傳唱大街小巷，更把她推向高峰。星星、浮萍、夢，沒有說愛，只有臉紅，那真的是少女之歌。

我今天去逛Costco，戴著口罩，推著車，一路小小聲，輕輕唱這首〈一串心〉，「天上星星數不清，個個都是我的夢……」我想著，第一次聽見這首歌那年，我剛剛滿十七歲，好想好想有個男孩喜歡我。

飛向你飛向我

小敏還記得陪媽媽去買旗袍裡布的路上，邂逅了她人生第一片匣式錄音帶。

阿姨一家在小敏國小四年級時因為姨丈的工作搬到哥倫比亞，一些帶不走的家具電器便送給了小敏家，包括一套在那個時代堪稱高級的音響，有唱盤、兩個喇叭、收音機，還有個匣式放音座。這種匣式錄音帶，大小接近錄影帶，通常一卡只有十二首歌。小敏母親是裁縫師，她受日本教育，多半聽日本歌。那天去買布的路上有一家唱片行，「當時唱片行外面會有個花車，賣一些便宜的B版（翻拷）錄音帶，我媽就停下來在那裡翻翻日本歌。我跑進店裡，拿了一張唱片告訴媽媽：我要買這個！」那裡面有王夢麟的〈雨中即景〉，小孩子覺得很好笑，很喜歡。不過店裡的阿姨到花車裡拿了一卷匣式錄音帶告訴她，妳買這個就好，比較便宜。那是B版的金韻獎合輯，裡面也有〈雨中即景〉，還有〈橄欖樹〉、〈捉泥鰍〉等等，「這是我聽民歌的起點。」

姨丈送的這套音響打開小敏的耳朵，養成她聽廣播的習慣。中廣「3—6立體世界」，趙雨桐、王若雲主持，那節目主持人話不多，主要播流行歌，星期一到星期六，每天下午三點到六點。小敏一放學回家就聽，小六快升國中前，聽到了金瑞瑤的歌，從此成為她的超級粉絲。

金瑞瑤的成名曲是〈飛向你飛向我〉（晨曦作詞；馬飼野康二作曲），此曲翻唱自日本歌手河合奈保子的名曲〈*Smile for Me*〉。不過若問小敏：這是妳最喜歡的一首歌嗎？「最喜歡？做為一個粉絲，沒有最喜歡，所有金瑞瑤唱過的歌，都喜歡！」

小敏是五年級的末段班。我必須承認，「少女」和「小少女」的時間差是嚴重存在的。金瑞瑤在一九八二的春天出道那年，我已高三下，是個每晚戴著耳機聽羅大佑入睡的小文青了，對金瑞瑤一無所知。

「金瑞瑤是台灣第一個日系可愛教主，歌曲輕快，配上可愛的動作，粉紅打扮，擄獲大批少女的心。我還寫信到唱片公司要簽名照，拿到時超開心，放在檯燈前面。

我們家後來淹水的關係，很多收藏都不見了，但我仍記得國中的家教老師，她在我上高中時要結婚了，來找我媽媽做旗袍。我在書房寫功課，她走進來跟我聊天，看著擺在檯燈旁的金瑞瑤照片，對我說：『啊金瑞瑤照片放在面前，她是妳的小姊姊噢？』可能因為我是獨生女，金瑞瑤的確有如姊姊一般的存在，老師無意間的這句話讓我一直記到現在。

「那時零用錢不多，我能付出的誠意只有剪報、買照片，存了很久的零用錢，到她出第四張專輯時才買了第一張她的原版唱片。那時我家唱機壞了，還必須拿到鄰居家聽。」

金瑞瑤紅了之後，台灣流行音樂進入「偶像」年代。歌林唱片把金瑞瑤做起來，接著推出林慧萍。另一家唱片公司綜一則推了楊林，前兩張專輯還未引起注意，到第三張《把心留住　明天再說再見》才大紅。

「國中班上就有派系問題了，像我是金瑞瑤派，絕對不能喜歡楊林，身為一個粉，死忠是一定要的。班上同學還會互相攻擊，這邊說楊林唱歌那麼難聽！沒表情！另一邊就會說，金瑞瑤超做作，噁心死了。大家互罵，壁壘分明。

「林慧萍唱慢歌，其實我也很喜歡。也還記得她上包國良的《歡樂假期》節目，那是她第一次出現在電視上，我到現在還有印象。但是當然不能取代金瑞瑤，身為粉絲，忠誠是基本的倫理。

「迷金瑞瑤迷到高一，也許年紀是個門檻，妳能裝可愛到幾歲呢？那時她已往下走，後來漸漸淡出。而我高中時還是會關注流行音樂，但不再專注單一個藝人了，長大了吧。那時喜歡張清芳、鄭怡、辛曉琪、蘇慧倫，但就純粹只是喜歡她們的聲音，跟粉絲的心態是完全不同等級的。另外，國中時代聽到警察合唱團（The Police）的〈*Every Breath You Take*〉，還開啟了我對西洋音樂的癡迷，讓我分心的事物愈來愈多了。」

「所以，妳的粉絲人生就這麼結束了？」

「沒有。我在周華健二十週年演唱會上被他迷倒。本來只是覺得他的歌還不錯，既然是二十週年紀念，值得聽聽，沒想到去了之後，完全變成粉絲模式。」

那是二〇〇六年，為紀念踏入歌壇二十週年，周華健在亞洲幾個大城市相繼舉辦了「華健２０」大型個人演唱會。小敏八月聽了台北場，之後跟老公飛新加坡來一個三天兩夜的演唱會旅行，「都三十幾歲了，變成他的老粉絲，而且因為有了經濟實力，力道完全不同！整天坐在電腦前面，一直想要再去聽一次演唱會，乾脆去籌備旅行。沒想到自己會追星追到這種程度，被自己嚇到，覺得很羞恥。」

所以，「這是妳最後迷戀的偶像？」

「還有！但現在迷的是一個日本人。」

誰？

小敏略微靦腆地說：「迷一個年輕帥哥，我拿手機給妳看，他叫佐藤健，他是一個對粉絲非常好的演員。迷上他是今年年初看了他演的一齣少女漫畫改編的日劇《戀愛可以持續到天長地久》……」

我說：「我知道，我有看……他演一個高冷型的醫生。」小敏非常驚喜。不過，做為朴寶劍的粉絲，我也有我的倫理，我淡淡地說：「以日本男星的標準來說，他算帥的了。」

小敏立刻秀出手機，「我從來不用桌布的，現在卻是佐藤健照片，真是晚節不保！」

佐藤健有官方的LINE，另外，他還會使用一個APP叫作SUGAR，這是日本研發的軟體，「當他想要跟粉絲聊天的時候，你上他的SUGAR，會進入一個超級大聊天室，螢幕下面有小人頭一直跑，佐藤健可以隨機選一個人，其他所有人就會看到佐藤健跟這個人聊天。每一個被他點到的女生，當然開始尖叫。他的SUGAR追蹤者已經有一二八萬人了。當他新劇推出時，演出前半小時就在LINE上通知他會在SUGAR跟大家聊天。聊半小時，大家去看劇。劇播完，他繼續來到SUGAR問粉絲，你們剛剛有沒有看劇啊？有什麼心得感想？每一集他都這麼做。這感覺真是太神了，一個大明星，你在電視上剛看完他的劇，接下來他就給你打電話，聊剛剛演的什麼，這教粉絲怎麼不忠誠啊？」

我聽得目瞪口呆，不得不讚嘆這經營模式太厲害了。

而一九六九年出生的小敏，在這樣的高科技加持下，她的粉絲人生更是與時俱進了！

恰似你的溫柔

我二嫂小芬跟我同年。二哥念高中時就帶她來我家互相認識了，因此我們相處不像姑嫂，更像朋友，或是姊妹。「訪問」二嫂的音樂記憶時，一直覺得二哥在旁邊很吵，想把他趕回家。

二嫂不假思索告訴我，她最懷念的是蔡琴的歌。二哥說：「〈抉擇〉！那時候蔡琴來我們學校有唱這首，小芬也有來聽。」

我說：「是嗎？妳喜歡〈抉擇〉？那怎麼會抉擇嫁給這個人!?妳應該選〈青蚵嫂〉吧？」

大概這兩兄妹太吵了，二嫂直奔主題：「〈恰似你的溫柔〉（梁弘志作詞、作曲）。對我來說，這首歌很悲傷，一聽到這首歌，就想起我走掉的二哥。」

我不知道二嫂也有個二哥，她大哥很嚴肅，姊姊、弟弟我都熟的。

「我要上高中的那年暑假，二哥跟家裡的一些師傅去坪林游泳，意外淹死了。他大我四歲，很疼我。我第一次聽到蔡琴這首歌，就想念二哥。之後就特別去聽蔡琴，覺得她每一首歌都好聽，喜歡她低沉很有磁性的嗓音。我不懂音樂，就是覺得她的歌特別打動我。」

二嫂家在西門町，她父親昔日經營的「幼雅女裝社」在民國六七十年代相當知名，二哥說，「我第一次去的時候，還覺得奇怪，怎麼會有人取名叫幼稚女裝社！」他們家可不是做童裝，許多官夫人的旗袍都在她家做。

「家裡最多的時候有三十幾個工人，吃飯要分兩輪。我們家在巷子裡，生意還能好成那樣。別家可能除夕前兩三天，中南部上來的工人就可以回家過年了，我們一定是忙到除夕。初五一開工，已經有人要來拿衣服。

「我二哥個性溫和又細心，適合做這一行。我爸就想，那就這個兒子繼承家業吧。誰知道命運是這樣子，沒有人接班，後來我爸慢慢就收了。我大哥沒興趣，我姊姊嫁人了。而我，其實國中畢業時也想過不要升學，跟爸爸學做衣服。我媽說拜託妳不要！她說妳的工很細，我很喜歡，可是妳那個脾氣！妳每天跟妳爸吵架，我會受不了。」

二哥說：「她爸很兇，會拿熨斗丟人！」

「真的丟熨斗？」

「真的啊，」二嫂說：「別人家生意不好，沒事做，工人可能會去學賭博，我們家是生意太好，根本沒有時間。而且誰敢去賭博，我爸真的就是熨斗丟過去！」

二哥說：「所以他們家每個師傅頭上都有洞。」

我說：「所以妳媽是為了妳的生命安全？」

「不是，我比我爸更兇啊！我爸很疼我，不會對我丟熨斗。但他罵起人很可怕，我哥我姊沒人敢回嘴，只有我，他講一句，我回三句。」我相信，連我們家的貓，只要二舅媽一來，全部望風而逃。

「我爸脾氣火爆，其實罵人都是有原因的。那時很多官夫人來我們家做衣服，她們要求很高，我爸的要求更高，每一針，距離該有多寬就一定要多寬，一點點都不能馬虎。我們放學後會幫忙縫下襬，我姊貪玩，慌慌張張怕來不及看布袋戲，常常縫很大針，我爸很生氣說，妳拆掉再縫不是要花更久的時間嗎？我小學二三年級就會幫忙，我爸說每針要隔多寬，我就縫多寬，每一針都照著做，反而可以更快去玩。

「工作的時候，我爸會聽平劇，我媽聽歌仔戲，還有黃梅調《梁山伯與祝英台》。我媽說懷我的那一年，梁祝電影第一次上演，她大著肚子去紅樓戲院，哭到差點把我生出來！家裡有梁祝黑膠唱片，常常放，也聽到大人一邊聽黃梅調，一邊聊樂蒂自殺這些八卦。至於放假的時候，那台黑色唱機就專屬我大哥，我們都不能去動的。我大哥很專制，二哥完全不一樣，他做事細心，很早就跟在爸爸身邊做，若有什麼好吃的，一定會留給我跟弟弟。他很溫柔，就像蔡琴唱的……」二嫂哼了起來，「某年某月的某一天，就像一張破碎的臉，難以開口道再見，就讓一切走遠。這不是件容易的事，我們卻都沒有哭泣，讓它淡淡的來，讓它好好的去……」

未來的主人翁

寶寶你該睡了。你拉起我的手，媽媽我們彈吉他，彈七首，七首就好！稚嫩小手傳遞著固執的訊號。睡覺這麼痛苦嗎？每一個要求你上床的夜晚，都得先經歷一場跳樓大拍賣。你堅持把吉他遞給我。五首。我們議價的結果。

先抱著你來一首〈太湖船〉，它只有C和G7兩種和弦、簡單的四拍子Blues。我幫你壓弦，你來打節奏；我們愉快地合唱，「山青水明幽靜靜，湖心飄來風一陣……」多美妙的合作。你的小手還沒辦法真正地彈撥、按弦，吉他對你而言還是一個龐然大物；可是你對它毫不陌生，你在母親的腹中，就已習慣它叮叮咚咚的聲響。我常抱著吉他坐在和室門檻上悠悠唱著羅大佑的〈搖籃曲〉，「讓我們的孩子睡在母親的懷裡，讓母親的希望寄託在孩子的夢裡，當三月陽光輕輕撫照著大地……」

簡單美好的歌，在那等待你到來人世的每一個午後。

然後你隨意翻譜點唱，我不知你究竟是認得了字還是記住簡譜上的符號、頁碼或插圖，總之你知道曾經在你面前彈唱過的每一頁曲譜裡藏著什麼樣的歌。我輕快彈奏〈春天的故事〉，你如癡如醉：「媽媽，是不是春天百貨的故事？」我啞然失笑，然後你照例要求那一首〈童年〉。你和我對坐，搖頭晃腦語焉不詳地唱：「……嘴裡的零食、手裡的漫畫、心裡初戀的童年……」歌詞好長的一首歌，詞意比「春天」更使你懵懵，可是你為什麼那麼喜歡它呢？純粹是喜歡它的旋律和節奏？還是因為母親唱起這支歌時的神采感染了你？

我怎樣告訴你，有那麼一個階段，每一個夜晚，我是聽著羅大佑的音樂入睡的？我能怎樣讓你了解，在我成長的那個年代，音樂，是怎麼一回事？

我成長於民歌時期的「尾巴」，當那些金韻獎出身的大學生抱著吉他在電視上演唱的時候，我才上國中而已。我真是處在一個尷尬的世代裡，對於民歌，是吊車尾的信徒；而等我終於也跑去參加校園民謠比賽的時候，已經沒有金韻獎了！後來我又略感欽羨與驚奇地看著學運出身的年輕人，他們對政治高談闊論，充滿自信，野百合花的天空，沒我的份，學運時我已大學畢業了。我們前不著村，後不著店，以至於每聽到「老一輩人」數落著新世代如何如何時，我都不曉得該站在哪邊才好。

很悲哀的是，我們這個「五年級前段班」世代，在我記憶中有個始終感到刺痛的標記。當年，龍應台女士的一把野火燒遍寶島，痛批時下大學生對政治、社會、國家大事一無所知，幼稚園大學生、校園象牙塔……。那時我大二、大三，剛剛好是被痛批的大學生之一。

其實也有過一個「野百合花」的記憶。國中時，我的導師喊我的名字，要我站起來說說平日讀什麼課外書、如何增進作文的能力。我張口，「讀王尚義的《野百合花》……」連一個完整的句子都沒說完，就被擺擺手坐下了。那是一個據說有著灰色思想的醫科學生；據說有一位高中生讀了他的《野鴿子的黃昏》而自殺了。所有灰黑的東西都被嚴嚴實實裹藏起來，散發著奇特的引力。

一隻隻黑色蝙蝠，在我過分蒼白的青春時光裡飛過。若干年後，我在電影《阿瑪迪斯》（*Amadeus*）裡看到歌劇《唐・喬望尼》（*Don Giovanni*）中黑色鬼魅舉起雙袖的一幕；若干年後，我爬上合歡山遙望奇萊山北麓，那麗壯奇詭吞噬多名登山大學生的黑色山脈時，驀然衝上心頭的，竟是自己已逝去、少年十五的青春。

你能想像音樂世界，也像一個黑盒子嗎？我揹著大書包，在中華路上遊盪，依戀婉轉的小提琴聲吸引了我。我走進唱片行裡，問老闆那是什麼音樂？那麼好聽。他給我一卷《梁祝》，再打量了我兩眼，從櫃檯底下抽屜裡另拿了一卷《黃河》出來。是他那神祕的眼神、奇異的手勢，打開我對黑盒子音樂世界裡的好奇。

慢慢我累積了大量「沙鷗」出版的錄音帶，經常出入「中國音樂書房」。有些是傳統國樂，有些是中樂西奏，全部沒有演奏者或指揮的名字。慢慢我聽到一些關於女王唱片老闆兩度因為出版大陸音樂而入獄等等的事蹟。

潘朵拉的盒子打開來時，世界的確是變了。大陸演奏家陸續來台，盛極一時，然後慢慢地，又在政治氛圍的變遷中失去了舞台。

無論風向如何改變，對我而言，那些不具名的演奏卻有著永恆的魅力。我能隨時閉上眼，在腦海中複製一曲〈江河水〉，每一處轉折，每一次大幅度壓弦、淋漓盡致的悲憤，傾洩後的幽幽嗚咽……多年後，我才知道演奏者的名字是吳素華。但從前的「不知」，卻有著難以替代的魔力。讀禁書，亦是如此吧。

於是你可以理解，在那時代，以一身黑衣、一顆爆炸頭出現的實習醫生羅大佑，在電視上嘩啦啦啦唱著：「剪刀等待之，清湯掛麵乎，尊師重道者，莫過如此也。」如何攫獲那一代少年的心。

我聽西方古典、現代音樂，乃至搖滾，都已是上大學以後的事了。少女時代的我，在最傳統的二胡、琵琶、古琴，青澀的校園民歌，與最顛覆的羅大佑之間尋找平衡。一些與我同齡的朋友也有著類似的經歷，我們以所聽音樂辨識彼此的「年分」。那是一個使用耳朵多過口與手的世代。

當我重新彈起那曾經人手一把、我的同學六七人之中必有一人會彈的吉他，忍不住想為我們這尷尬的世代做一點點辯駁：在過度喧譁的世界裡，回頭看象牙塔，會不會也有些特別的意義？

小小孩，未來你將加入演出的，或許是冷淡的、或許是激情的世代，那些都因時勢而如四季流轉，未見得更好或更壞；我僅能肯定的，「我們需要陽光青草泥土開闊的藍天」，我的指尖緩緩彈起：「……每一個來到世界的生命在期待，因為我們改變的世界將是他們的未來。……」你迫不及待要哼唱：「飄來飄去——」請耐心等我把這個段落唱完好嗎？

有一天孩子們會告訴他們後代你們要守規矩
格言像玩具風箏在風裡飄來飄去
當未來的世界充滿了一些陌生的旋律
你或許會想起現在這首古老的歌曲
飄來飄去，就這麼飄來飄去，飄來飄去……

就這麼飄來飄去……

後記

本文從民國八十九年所作〈彈起羅大佑〉改寫，文中那個當年四歲的男孩，今已大學畢業，服完兵役。他的吉他彈得比我好太多了，但是他聽的音樂，我常常覺得好吵啊……

卷三

Inside of My Guitar

Inside of My Guitar

民國七十年，大學聯考英文開始考作文，下一年度，就要輪到我們上場了！英文老師很緊張，宣布每天要寫一篇英文日記。老師當然沒有時間改我們的日記，反正有寫就好，由英文小老師晨間檢查。

這下麻煩，連造句都造不好了，還寫日記？我高中也曾廢寢忘食用功讀書過，但那是聯考前三個月，高三上學期還沒火燒屁股，我還在恍神。迷金庸迷得神魂顛倒，愛赫塞（Hermann Hesse）也愛得如癡如狂，一週六天上學有三天遲到，可怕的梁校長就站在校門口抓人。如果服裝儀容有問題的，罪加一等。我沒問題啊，頭髮剪成耳上一公分的西瓜皮，沒燙沒打薄。某次遲到校長打量了我一下，沒什麼挑剔就問我：「模擬考是前一百名的嗎？」開玩笑，怎麼可能是！「不是。」「那是後一百名的嗎？」……那次倒也……「不是！」大聲了點，「喲——什麼都不會呀!?」我被放了，匆匆奔回教室，啊，沒寫英文日記！

小老師阿銓一個一個檢查，本打算隨便它的，作業沒交又不是第一次，心很平靜，黃鶯鶯的歌聲卻忽然浮上腦海。我打開本子，漂亮的花式字母（英文爛歸爛，字是寫得很漂亮的！）流暢無比一句句滑出手心：

Now, there's a place I want to show you.
And don't you know it's not too far.
And there's a place I want to know you.
Inside of my guitar.
In my guitar there is a garden.
Where rainbows bloom and shine like stars.

…………

這是黃鶯鶯翻唱的〈*Inside of My Guitar*〉（貝拉米兄弟The Bellamy Brothers原唱作詞作曲），阿銓看了很滿意，驚訝醉生夢死的同學今天可振作了！我也驚訝，這首歌前兩年紅成那樣，阿銓完全沒看出來？

英文日記沒有實施多久，不知怎麼就停了。我來到高三下，寒假裡讀了司馬中原的《啼明鳥》，發誓要考上那有一個美麗名字「夢谷」的東海大學。學校停課後息歌絕遊，每天帶著媽媽做的三明治到台大圖書館讀書。

那一屆的英文作文考題是：「The National Flag and I」。走出考場時，聽到有人說：「青蛙與我，是要怎麼寫啊？」我回頭，看見一個長得非常帥的青蛙王子。如果他的英文不要那麼爛的話，我也許會想對他唱：Come inside of my guitar！

Yellow Submarine

大一成景校友會學長第一次來找我的時候，簡直是來口試的。他玩吉他，參加西洋音樂社團，十句話裡有九句在談西洋音樂，以致我完全想不起來他是什麼系的，當然也記不起他的名字，至於長相也十分模糊，大概有點高，可能有戴眼鏡。他一口氣問了我一堆洋名字、一堆西洋樂曲，愈問我愈慌，根本聽不清楚他的英文，說不定是他發音太爛……不是的，他的英文好極了，早知道我中學時就應該多聽西洋音樂，可能功課會比較好吧，聽什麼國樂！反正他問到後來，我自信心全面崩潰，給他來個一問三不知。他搖搖頭：「妳怎麼會連〇〇〇都不知道啊！」我必須知道這些外國人嗎？我都快哭了，好半天才想起反脣相稽：「那你知道張愛玲嗎？你知道瘂弦嗎？你知道沈從文嗎？你知道劉天華嗎？你知道瞎子阿炳嗎？……」「什麼蝦餅？」

我們的第一次對話就在莫名其妙的蝦餅裡結束。我認為他絕對不會再來找這個在他眼裡無知至極的學妹，我也沒興趣聽一個沒禮貌的人不停地「落」（làu）英文。沒想到隔兩天就在信箱裡收到他的紙條，約我在方舟見面。方舟是東海的小書店，大部分賣宗教書，也有文具用品，小女生很愛逛的。學長給我帶來一卷錄音帶，是「披頭四專輯」，裡面有〈*Yesterday*〉、〈*Yellow Submarine*〉、〈*Let It Be*〉等等。那年我十八歲，少數西洋老歌以及常聽二哥鬼吼的比吉斯（Bee Gees）、空中補給（Air Supply）不算的話，是我正式接觸西洋音樂的開始。學長陸續給我補了不少課，瓊．拜亞（Joan Baez）、巴布．狄倫（Bob Dylan）、李歐納．柯恩……

我很幸運，在我大一那年，貧乏的音樂生命，忽然得到豐潤的灌溉。男友是清大國樂團團長，拉二胡的，因為他，我也玩起了揚琴。我的室友婷婷本來是要考音樂系的，不慎術科沒考好，音樂系落榜，反而上了哲學系，我跟著她聽西方古典音樂。她是基督徒，還教了我許多主日學的歌。我倆在一起，就是一個二重唱。她很少聽流行音樂，對我唱的校園民歌、流行歌曲非常陌生，「妹妳怎麼什麼亂七八糟的歌都會唱？」但她音感好極了，無論我唱什麼歌，她聽幾遍，就有辦法幫我和音。她後來重考去念了輔大音樂。而這位滿口洋文的校友會學長，開啟了我對西洋音樂的探索。整個大一生活，不太揀擇，我像海綿般吸收來自各方的音樂教育，反正我在哲學系時根本不念書的。

那也是一個Walkman風行的年代，戴上耳機就進入自己的世界，有時巴哈，有時披頭四，有時梁祝，有時羅大佑，我的耳朵在聲音的宇宙裡瘋狂巡游。這一年開啟的廣泛涉獵，也讓我後來成為音樂記者不太費力就能上手。

披頭四樂團（The Beatles）是一九六〇年出道的英國樂團，一九六四年，他們征服美國流行樂市場，被稱為「英倫入侵」——正是我出生那一年。他們創下無數的紀錄，被《滾石雜誌》（*Rolling Stone*）列為歷史上最偉大的藝人。但我大一那年（一九八二），披頭四早已解散，各自單飛（一九七〇），約翰．藍儂（John Lennon）也已經遇害身亡（一九八〇）了。

披頭四是我在西洋音樂裡探索的第一顆星球，緣分匪淺。多年後在德國又有了奇妙的邂逅。

那年我到波昂投靠大哥，假日與哥哥、嫂嫂搭火車南下旅行，在法蘭克福看見一名金髮年輕人在一處廣場前演奏小揚琴，我們驚奇地停下腳步，更驚奇的是，那旋律怎麼有點熟？多聽幾句，我就跟著哼起來了：「We all live in a yellow submarine, Yellow submarine, yellow submarine......」哈哈，我說，「他敲的旋律是披頭四的〈*Yellow Submarine*〉啊！」來往不少人在他身邊的皮箱裡擲錢，表情總是很稀奇的樣子。大哥說：「妹妳如果把揚琴帶來，搞不好就可以賺回旅費了！」可能覺得我敲得還比那人像模像樣些。那是揚琴嗎？從遠處看，那琴的音箱比我的小揚琴略薄些，他的演奏幾乎只爬梳音階，沒有輪音的技巧，琴的音色也顯得乾一點。

其實揚琴不是傳統國樂，它來自中東，明末由波斯經海路傳入中國，因此流行的地域並不是接近中東的新疆，反而是在南方廣東一帶。但是到了中國，材料改用梧桐木，音質變得圓潤，音量也擴大。廣東音樂、江南絲竹，揚琴在其中，特別襯得華彩跳躍。揚琴在中世紀也傳入歐洲，發展為「德西馬琴」（Hammered Dulcimer），形制跟小揚琴非常相似。那位金髮年輕人演奏的，可能就是我過去只在書上看到過的德西馬琴吧。

〈*Yellow Submarine*〉這支歌本來就有著純真的童趣，他在弦上輕快敲擊，竟然毫不違和。揚琴如海，And we lived beneath the waves, in our yellow submarine……

那時我的人生在昏迷般的低潮裡，聽著，哼著，我的手好像被授予了一雙琴竹，向未來輕輕敲擊起來。我能航向太陽嗎？

Donna Donna

二〇一二年底，朱炎教授病逝。《文訊》總編輯封德屏封姊邀我在朱炎教授的追思朗讀會中獻歌。聽說朱炎老師非常喜愛〈橄欖樹〉，我本來想唱〈橄欖樹〉的，但可能還有別人會選這首歌吧？考慮許久，想為這位外文系教授唱一支英文歌。翻著家中老舊的吉他曲集，我的指尖停留在這首Joan Baez的〈*Donna Donna*〉，拿出吉他，指法不難，雖然久未彈奏，練幾次，記憶回來了，就唱這首〈*Donna Donna*〉吧！

我想像朱炎老師會喜歡這支歌的，不但因為Joan Baez在六七〇年代是深受知識分子喜愛的反戰歌手，朱老師喜歡〈橄欖樹〉，我想，那麼〈*Donna Donna*〉歌詞的意境也有異曲同工之處。

Joan Baez是我大學時期喜愛的歌手，不過〈*Donna Donna*〉這首歌一直使我困惑：為什麼要對著一個叫作多娜的女人訴說著農夫對一隻牛所說的話呢？歌詞大致是說，一輛前往市集的牛車，車上有隻眼神哀悽的小牛，燕子輕盈從牠上頭飛過天空；風兒都笑著，笑啊笑的，笑了一整天，笑到仲夏的午夜。然後農夫對牛說：「別再抱怨了！誰叫你是一隻牛呢？誰叫你沒有一雙可以飛翔的翅膀，像燕子那樣驕傲又自由！」「牛兒天生注定要被宰殺，從來沒人知道為什麼，但又有誰會珍惜自由，像燕子那樣地學著飛翔？」詞意很簡單，但跟這位多娜有什麼關係呢？直到後來去洛杉磯念書，第二年課餘，我跑去大傳系旁聽一門流行歌謠研究課程，講到了Joan Baez，原來這首歌是從以色列民謠改編，「Donna Donna」來自意第緒語Dana Dana，為「自由」之意。雖然是寫待宰小牛與農夫的對話，但似乎更暗示猶太人的悲慘命運。

更後來，網路普遍了，我又試著查詢這首歌的詞曲作者，得到另一種說法，維基百科上說，此曲是美籍猶太裔作家澤德霖（Aaron Zeitlin）所作意第緒語劇曲《*Esterke*》（一九四一）裡的主題曲，由猶太裔作曲家沙隆．塞康達（Sholom

Secunda）所作。原版歌曲由羅馬字母寫成。沙隆．塞康達曾經將此曲翻譯成英文，但並不流行。一九五〇年代中期，由Arthur Kevess和Teddi Schwartz重新翻譯；六〇年代經過Joan Baez的演唱才真正廣為流傳。至於「Donna Donna」這個標題，維基百科上說，有些人認為「是一名猶太神的名字，但這種想法暫時沒有證據支持」。

猶太神之外，我找到幾種說法，包括Dana Dana是狀聲詞，就像我們歌詞中常出現的嗒啦啦啦、嗨喲嗨喲之類；一說是吆喝牛隻前進的聲音；還有人說，這是土耳其語的「母牛」之意；最後一種說法，Dana是常見的猶太女子名。繞了一圈，回到我最初的想像，歌者在對一個女人喃喃傾訴。

On a wagon bound for market.
There's a calf with a mournful eye.
High above him there's a swallow.
Winging swiftly through the sky.

How the winds are laughing……

那天，我在朱炎老師的追思會上自彈自唱，沒有哀悽，自由，奔放。Donna Donna，Donna Donna，我不知道它究竟是神的名字，人的名字，母牛，還是啦啦啦啦，它就是我夢中的橄欖樹。

Reality

每晚睡前，在床頭音響放進一片CD，是我多年保持的生活儀式。中外古典、西洋國台語到韓國流行，無所不聽，重點是，一定是CD，我不聽串流，我要每晚為自己當天的心情選擇一片CD。

但有時真的太累，或者太晚上床，沒力氣、沒心情選擇，那麼就反覆聽音響裡還未取出的CD。而幾乎每一片CD都只熟悉第一到三首，因為差不多聽到第三首，我就睡著了。

我最近聽著一片《*Do You Remember*》Top Movie's Theme，其中第三首就是〈*Reality*〉，蘇菲・瑪索（Sophie Marceau）一九八〇年主演的《第一次接觸》（*La Boum*）電影主題曲。那年我高二，沒什麼錢上電影院，僅有的零用錢要買書和錄音帶，但主題曲如雷灌耳，電影是上了大學才在學校體育館看免費的播映。那電影講青少年面對父母外遇，以及自己生活的煩惱、情感的問題，很簡單，在我正是小文青的年代，自然看不上，只覺得蘇菲．瑪索好漂亮啊，電影再怎麼普通，有蘇菲．瑪索和這首〈*Reality*〉就夠了。

那是蘇菲．瑪索對決布魯克．雪德絲（Brooke Shields）的年代；也是中森明菜對決松田聖子的年代。學校宿舍門上到處都貼著這四個美麗女孩的海報。若要我問，我比較喜歡的是蘇菲．瑪索，她的美有種肆無忌憚的任性。

四十年後（天啊，四十年！）側臥著，就要走進夢裡，忽而聽見那絕不會忘記的旋律：「Dreams are my reality, the only kind of real fantasy......」竟在夢的邊沿滾下淚水。不需要任何原由的眼淚。這首歌本身，就象徵了青春。我那遠走了的青春。

〈*Reality*〉也是我大學年代，幾乎所有舞會一定會放的樂曲——我猜的，我根本很少參加舞會。不是太乖、太害羞還是肢體殘障，是因為耳朵太敏感，沒辦法忍受巨大的聲響，僅有的幾次舞會經驗，都在重金屬聲波裡奪門而出，從不曾待到最後。但印象裡，每次都會播放這一首，在幾首快歌之後，必有這一曲，醞釀這舞會中可能發酵的情愫。

大一上學期，我最後一次參加舞會，工學院男孩K向我走來，共舞了〈*Reality*〉，「I dream of loving in the night and loving seems all right......」令人窒息的空氣裡，夢一般的旋律，他扶著我，啊，那時非常纖細的腰，我感到心跳加速。我們約會過幾次，舞會也是他邀我來的，這樂曲太令人迷惑，迷惑到好像真對這個男孩有了好感。

然而我還是悄悄離開了，在我的耳膜還沒震破之前，並且告訴自己，永遠不會再參加舞會了，別人能夠輕鬆自如的環境，我的耳朵就是沒有辦法。我怕掃人興，因此沒有告別，像擔心馬車就要變南瓜的灰姑娘，幾乎是落荒而逃，一路奔到路思義教堂，仰頭望見滿天星辰，我終於可以大口呼吸，對自己唱歌：

Dreams are my reality, the only kind of reality.
Maybe my foolishness is past, and maybe now at last.
I'll see how the real thing can be......

隔了兩三天，在文理大道上遇見K，他一見到我：「那天妳逃走了！」其實我真的不是逃避他，我逃的是魔音穿腦啊，但他的口氣讓我一點也不想解釋，我揚揚手上的書，「要去上課了。」假裝沒有看見他臉上的怏怏不快。我快步跟上室友的腳步。「妹呀，這人又是誰？」「不知道，跟他不熟。」

前兩年，我們這一屆召開了盛大的畢業三十年同學會，好友的老公跟K同系，她傳了張照片給我，說裡面有個人「大家都不認得他了，好像曾經追過妳，妳猜猜看是照片中哪一個？」我知道她說的是K，但瞧了半天，認不出來。同學說，就是我老公旁邊那位啊。我仔細端詳，看不見當年一絲一毫的影子，「天啊，大叔耶。」

「不但是大叔，而且隨時嘴裡嚼著口香糖，嘴角下垂歪一邊。滿口的『學術』，大家都不知道怎麼接話。平常覺得老公不學無術，恨鐵不成鋼，忽然很慶幸跟他生活沒什麼壓力……欸，他那時追妳對不對？」

「不知道，跟他不熟。」

Rain and Tears

訪問我二哥，從什麼時候開始聽音樂？他開始牽拖，說爸爸媽媽偏心，我一上國中就有自己的床頭音響，他上國中的時候哪有錄音機！我說，那是因為我上國中以後錄音機才普遍的！他說有一次跟國中同學在公用電話亭撿到一卷卡帶，好高興，跑去借同學家的錄音機聽，結果是唸阿彌陀佛的錄音帶！

他高二的時候，開始追我未來的嫂嫂小芬，小芬是金陵女中的，長得像彭雪芬。雖然看過照片，她第一次要來我們家時大家還是很興奮。二哥說，「為了歡迎她，我還自己做喇叭。」

「幹麼？」

「放音樂給她聽啊！」

他同學爸爸的AUDI車改裝換音響，有個低音喇叭拆下來送給他，他去找了音源線，我爸提供木板，釘成音箱，我媽不知道去哪裡撿來一塊奇怪的塑膠墊幫他貼在表面，以為好看多了。我未來的二嫂一來，就被帶去那間書房聽音樂，二嫂還記得那天：「妳二哥說有很厲害的音響，我也聽不懂，我只是想，怎麼會有喇叭長那樣？表皮還綠綠白白的。」

我從小愛唱歌，聽爸爸的唱片捲著舌學唱小調，「初一到十五，十五的月兒圓……」有板有眼，二哥就在旁邊尖起嗓子用假音唱：「初一到十五，十五個大屁股！」從此我再也沒辦法好好把這首歌唱完。民歌風行時，我上個廁所，大哥、二哥兩人就在外頭合唱〈歸人沙城〉：「啦——啦啦啦啦，啦啦啦啦，啦啦啦啦——啦……」

我學揚琴時，最初練〈蝴蝶操〉，這是每個學揚琴的人都練過的，譜架上經常擺著〈蝴蝶操〉的琴譜。二哥對我的揚琴好奇，亂敲亂敲，自己找出了音階，敲起「so mi mi fa re re　do re mi fa so so so……」我把他趕開，「亂敲什麼啦！」他說：「蜜蜂操。」

其實我從前玩的吉他是從二哥房裡偷來的，那是他念師大附中時，在學校福利社打工賣酸梅湯，存錢買下來的。

他說他的音樂啟蒙來自隔壁班一個叫劉偉仁的同學，我說，沒聽過。上網一查，天啊，這人是〈如果還有明天〉的詞曲作者，四十八歲癌症病逝，人生的經歷、外形都跟薛岳有幾分相似。二哥常跟這位「阿仁」一起踢球，他說阿仁有深度近視，「深度近視還能踢足球？」「只要不念書的事，我們都願意啊。」他說阿仁很早就玩音樂，跟薛岳、李亞明他們混在一起，他的假音很棒，只是在那個時代太前衛，他如果晚一些年生，比現在那些搖滾樂團都厲害。

那時附中每年有盛大的音樂會，在學校中興堂，還對外開放，問我記不記得？他都是帶女朋友去，從來不帶我去，我怎麼會記得？而且，附中啊，算了。有一次我同學在公車上批評：「妳看那些師大附中的老是把帽子弄得尖尖的，流氣死了！」我一邊附和，一邊朝她指的方向看，那不是我二哥嗎？二哥說，有一年小芬也去聽附中音樂會，阿仁唱 Bee Gees 的〈*How Deep Is Your Love*〉，大家都聽呆了。二哥多年後遇到他，阿仁喊：「同學！來聽歌！」帶他去安和路的EZ5 Live House聽歌，阿仁已見病癥的臉容下，嗓音更加地滄桑。

二哥愛彈吉他，我記憶中，他整天尖著嗓子鬼叫。有時站在我房門口，學齊豫的歌聲：「飄落著，淡淡愁，一絲絲的回憶……只要你輕輕一笑——」只要他唱到這一句，我就很想死。

我問二嫂：「那他追妳的時候有唱情歌嗎？」

「沒有，可是他一直彈吉他。」我倆異口同聲：「幸好沒唱！」

最喜歡的一首歌呢？

二哥想了想，「可能〈*Rain and Tears*〉吧，要我唱嗎？」

「不用！不用！」

Rain and tears all the same

But in the sun, you've got to play the game

When you cry in winter time

You can't pretend, it's nothing but the rain……

這首帶點鄉村歌謠風味的曲子旋律裡融合了巴海貝爾D大調卡農，反覆低迴，非常舒壓，而Aphrodite's Child（愛神之子）這個希臘樂團的唱腔，在一種滯澀裡讓人感到純真。萬萬不可模仿，尤其是二哥！

Morning Has Broken

Paul想了兩天回答我，成長中印象最深刻的一首歌是〈*Morning Has Broken*〉（Eleanor Farjeon作詞：Bunessan作曲：Cat Stevens原唱）。Paul的生活習慣很像老美，比如每天早上起來淋浴，比如開車遇到白癡他的髒話都是Shit之類。因此記憶最深刻的歌是洋文我不意外，但怎麼不是Bob Dylan或是約翰．丹佛（John Denver）之類歌手的歌，卻是一首很像聖歌的〈*Morning Has Broken*〉？

Paul說，念明志工專的時候，全校都住校，每天一大早宿舍會播放音樂叫大家起床，二十分鐘後要去操場集合做早操，升旗，然後去餐廳吃早餐。每天播放的音樂就是〈*Morning Has Broken*〉。

Morning has broken like the first morning.
Blackbird has spoken like the first bird.
Praise for the singing.
Praise for the morning.
Praise for them springing fresh from the word……

「我國三的時候，開始會去買一些唱片，大部分是ABBA、黃鶯鶯的英文歌，或是西洋歌曲的合輯，有一張合輯裡就有這首〈*Morning Has Broken*〉，所以住校第一次聽到的時候很有親切感，後來聽到這首歌心情就有點複雜。」

「為什麼複雜？」

「因為起床的時間是六點鐘。」

忽然教人心疼起來，但細想一下，自己的國中、高中生活，好像也差不多是六點多就得起床，台灣的中學生，有幾個是睡得飽的？

Paul是那種很早興趣就很明確的孩子，於是沒念普通高中而選擇念明志工專的機械科。一畢業就服兵役，五月退伍，聽到他的室友在考大學的插班考，那麼也去考考看吧，準備兩個月，考上了清大電機。他比大學應屆同學大三歲，成了班上的「大哥」。他好像也是班上第一個結婚的，因此他老婆常被他同學喊「大嫂」。

「只讀兩個月就考上清大，你在明志一定是那種模範生吧？」

「明志的學生大部分都好好上課，規規矩矩的啊。」

「那你是功課最好的嗎？」

「我是第二名。」

「第二名？第一名是誰？出來！」

Paul的人生轉折常在一念之間，決定了就一往直前，對感情也是。但我還是忍不住調查一下，「你們明志有女生嗎？」

「沒有，全校都是男生。」

這真的太可憐了，那你們有去聯誼嗎？

「有啊，我去過一次。」

「去哪裡？」

「忘記了，好像是個海邊。」

「有遇到漂亮的女生嗎？」

「沒有耶。」

「都沒有？你們是跟機械系聯誼嗎？」

Paul哈哈大笑：「機械系根本就沒有女生啊。他們都是找商專、護專之類女生比較多的學校聯誼。」

「那怎麼可能沒有漂亮女生！你不必以我為標準啦，普通標準就可以了。」

Paul嘿嘿嘿仍然守口如瓶。

「絕對沒有秋後算帳。」

然後Paul就說他什麼都不記得了。他的五年明志生活，留下幾個死黨朋友，讀完整套金庸全集，以及一首難忘的起床歌。

對了，Paul是我老公。

Wake Me Up Before You Go-Go

那是人手一把吉他的年代，無論彈得好不好，幾個少年之中必有一人常抱把吉他，彈彈唱唱。

五十八年次的阿聰，他的音樂史卻是從洪一峰的〈舊情綿綿〉、張淑美的〈送君情淚〉開始。

啊，真有我沒聽過的歌！「〈送君情淚〉？」

「應該是從日語歌翻過來的吧，」阿聰把筆電連上YouTube，「妳聽，就是這樣的聲腔，一聽這聲音就會把我帶回童年。」

我知道阿聰家種芭樂，經常拜託他幫我買他父親種的好好吃的芭樂。「從小家裡一直有種東西，種稻子，稻子收割了就種豌豆，有時候種匏瓜，後來又種芭樂，不過靠這些收成是不夠的，我爸還去當水泥匠。我真的是鄉下長大的。」

阿聰老家在彰化，問他小時候最愛的歌，他說：「我這個人沒有什麼最愛，跟媽媽一起聽過的歌都是回憶，鳳飛飛、余天、葉啟田……我都印象深刻。」

我一上國中就擁有自己的音響，阿聰說他國中以前都只是念書，一直到考上建中，獨自在台北念書，才得到生命裡的第一台收錄音機。

「我住在建中後面一個頂樓加蓋的房子，房東是市府員工，那層樓裡有三個房間，最前面住一對兄弟，哥哥念建中，弟弟念復興美工。我跟一位建中畢業準備重考的學長住中間。後面那間住了四個重考生，都是嘉義高中上來的。」

擁有錄音機之後，阿聰立刻去買了一卷西洋歌卡帶，從此擁有了音樂的話語權！阿聰從筆電裡點出Wham!（轟！合唱團）的〈*Wake Me Up Before You Go-Go*〉，啊，幾句「Jitterbug（吉魯巴）」出來，彷彿就回到那些男孩們的頂樓生活。「音樂是記憶的開關，開關一打開，當時的場景，情感，種種記憶就都回來了。」

阿聰還加入了吉他社。「其實社團只去過幾次，買了一把吉他，練了一些和弦，就可以邊彈邊唱了。」這一點跟我完全一樣啊。我說，「吉他是高中生活裡，一個苦悶的出口。因為離鄉背井而想家嗎？」不過阿聰說，「我還好。」不太有想家的問題，每個禮拜打個電話回去，這習慣一直維持到現在，他的電話能讓媽媽安心。阿聰是老大，至今弟弟妹妹搞不定老媽的時候，還得靠他打電話，「而那時候也沒有叛逆期，我一直到四十歲才有叛逆期。」

「四十歲還能怎樣叛逆？」

「就覺得我媽有問題啊哈哈！」

「不是對老婆叛逆？」

「當然不是！」

念書也還好，他是專注的人，專心念書課業就不是問題。他高中時也沒交女朋友，那還有什麼苦悶？

阿聰說，浮上腦海的記憶，是畫圖，每個週末都在畫圖！

「噢，原來你喜歡美術。」

「不是！」

阿聰說，建中有兩怪，第一怪是工藝課的老師都很怪，第二怪是音樂課的老師也很怪。「我音樂課還好沒遇到怪老師，工藝課就難逃一劫了。畫製圖要用鴨嘴筆，只要線跟線的交接稍微沒接好，老師就圈起來：回去重畫！常常整個週末都在重畫。」這磨練，把手練穩了，到大學以後遇到製圖，根本是小菜。然而回想高中時光，印象最深的竟然不是維特的煩惱，也不是苦讀寒窗，而是週末的午後，拿著鴨嘴筆，一邊畫圖，一邊聽著音樂。「……Wake me up before you go-go. Don't leave me hanging on like a yo-yo……」

〈*Wake Me Up Before You Go-Go*〉據說靈感來自一張字條。喬治．麥可（George Michael）到他的死黨安德魯．瑞吉里（Andrew Ridgeley）家，看到他在床頭上貼了張字條，要爸媽出門前叫醒他，於是福至心靈寫了這首輕快有趣的歌。這首歌在一九八四年襲捲英美，襲捲世界。也襲捲了從鄉下來到台北的阿聰和學長合住的小小房間，yeah, yeah, goes a bang-bang-bang，從台語歌跳到Wham!，跳到Angry Salad的〈*99 Red Balloons*〉，跳到Bob Dylan的〈*Blowin' in the Wind*〉。

現在呢？現在聽什麼？

「貝多芬、莫札特或是韋瓦第吧，現在比較常聽這些古典樂，會讓我覺得平靜⋯⋯流行歌的話，可能是李宗盛吧，特別是他最近幾年的音樂，他年紀也大了，後期詞曲內容反而更能反應內心的東西，像是〈山丘〉。」

啊，「想說卻還沒說的，還很多」。

也許我們從未成熟
還沒能曉得　就快要老了
儘管心裡活著的還是那個年輕人
因爲不安而頻頻回首
無知地索求　羞恥於求救
不知疲倦地翻越　每一個山丘
越過山丘　雖然已白了頭⋯⋯

阿聰的白髮，這幾年，是多了起來。

One Day When We Were Young

東海女舍是仿唐式建築，屋簷下有燕子築巢。那年從廊下看一對燕子飛走，「雙飛燕子幾時回？夾岸桃花蘸水開。」春天啊，我唱起《翠堤春曉》（*The Great Waltz*）裡的「告白情歌」——〈*One Day When We Were Young*〉，「……Sweet songs of spring were sung, and music was never so gay. You told me you loved me, when we were young one day……」燕子太美，歌太美，陽光太美，青春太美，都讓人想流淚。室友蓉拍拍我：「妳這個呆子！」頓一頓，她說：「不過……今天怎麼改唱洋文歌啦？」

我從小愛看週末「長片」，算是好萊塢電影餵養長大，尤其愛看歌舞劇。小時候且有特異功能，很容易記下影片中的歌曲，即使我根本還不太會英文。比如《真善美》（*The Sound of Music*）裡的好幾首插曲幾乎滾瓜爛熟，《真善美》在電視上演幾遍我就看幾遍，歌曲一出來，便哇啦哇啦跟唱。那時覺得自己最喜歡的影星就是茱莉．安德魯絲（Julie Andrews）了。看《桂河大橋》（*The Bridge on the River Kwai*）時最洩氣的是我不會吹口哨，我跟大哥一起看的，劇終他吹起了那首進行曲，我噘著嘴練，怎麼樣也吹不出那悠揚的哨音。

稍大一點，特別留意電影中的情歌，老片《櫻花戀》（*Sayonara*）的劇情全忘了，主題曲至今還記得：「Sayonara, Japanese Goodbye. Whisper sayonara but you mustn't cry ……」。但我最常哼唱的情歌，是這首〈*One Day When We Were Young*〉，尤其春天的早晨，看見任何象徵春意的花朵，清甜的微雨，草上的露珠，鳥兒翩飛，都會想要唱這首歌。

One day when we were young
One wonderful morning in May
You told me you loved me
When we were young one day ……

今年冬天冷，好一陣子看不到老鷹。我家附近樹叢有鷹的巢穴，昨日出門，晴空朗朗，一數，天上竟有七隻老鷹盤旋！牠們飛翔的節奏，根本是華爾滋（Waltz）啊，我又偷偷唱起了這首歌。這曲子是從小約翰．史特勞斯（Johann Strauss Jr.）的輕歌劇《吉普賽男爵》（*Der Zigeunerbaron*）裡的曲調，重新填詞改編。《翠堤春曉》的原名，正是「The Great Waltz」。

我已來到歌詞中提醒，要「remember」曾經年輕的年紀了，奇怪，看著天上的老鷹，人是不會掉淚的。你會知道自己活得還算堅強，還算誠實，並且仍然認真地生活著。

Scarborough Fair

做清燉牛肉，牛肋條、洋蔥、紅蘿蔔、八角、月桂葉、一塊薑，燉出鮮甜滋味。完工後這牛肋條可以有好幾種吃法，第一餐，我切成薄片，連同原汁，做熱熱的牛肉湯。打開香料櫃，巴西里、黑胡椒，亂撒一通，香氣迷人。

想哼歌，最適合在廚房裡哼的歌，我的第一名：〈*Scarborough Fair*〉：

Are you going to Scarborough Fair?
Parsley, sage, rosemary, and thyme ......

這歌不在廚房唱，在哪兒唱？我翻找香料時就是這麼數的：parsley, sage,

rosemary, and thyme……這每一種香料，我都喜歡拿來嗅聞，感覺對了就往食物上撒。

大一時我會莫名其妙被抓去美術社充人數，好像是人數不夠社團快被解散，我去了一看，難怪要被解散，根本沒看到有人在畫畫。有兩三個團員，抓我去的社長，加上我，那晚就五個人聚會，我後來又被叫去幾次，印象中人數從沒超過五個，而且沒有一次在畫畫。期末他們還有模有樣辦了畫展，我不知道那批畫從哪搬來的。不過社團聚會還是挺好玩的，聽學長們（印象裡好像只有我一個是女生？真的是一個奇怪的社團）談電影，聊音樂（真的，一次都沒談到過畫畫），比如《去年在馬倫巴》（*L'année dernière à Marienbad*），就是在這社團裡聽說的。寒假時，我跟社長去東南亞戲院看過一次電影，達斯汀・霍夫曼（Dustin Hoffman）的《畢業生》（*The Graduate*）。

走出東南亞，我整個人暈陶陶的，不是因為電影情節，是因為裡面的配樂，我當下就認定了，這是我聽過最美最好聽的和聲，我愛上唱那些歌的人了。學長請我去吃公館豆花，他一直說著《畢業生》的事，告訴我以前這電影中母女的身分，被改成姊妹才能上映，我奇道：「為什麼？」

「亂倫啊！」

「噢。」我沒很專心，腦子裡整個是電影裡的音樂，恨不得立刻飛奔到唱片行找原聲帶。不過學長後面講的話倒吸引了我聆聽。他說聽到裡面〈*Scarborough Fair*〉這首歌，就想起他的初戀。我耳朵馬上豎起來。

學長說，他小學時好喜歡班上一個女生，她總梳兩條辮子，清秀可愛，她功課非常好，但是不太跟同學來往，連跟女同學之間也很疏離。後來有一次他跟家人逛夜市，看到她趴在她們家攤位的小桌子前發呆，他倆視線相遇，女孩給了他一個非常成熟，溫暖，一種知心的眼神。小學生耶，我說學長，你會不會想太多了？學長堅持那女孩把他視為知己，至少那一刻他感受到了那份信任。

好吧，我說：「所以她們家是賣香料的？」

「香料？那年頭夜市哪有人在賣香料！」

「那為什麼這首歌讓你想到她？」

「因為講到市集啊，因為歌曲裡的人分離了，幾乎不可能再見面啦，他要她給他做一件亞麻襯衫（Tell him to make me a cambric shirt），還不能有接縫（Without no seams nor needlework），就是不可能再見面的意思。」

「那你有再見到她嗎？」

學長說，其實有，「幾個月前幫我媽去銀行提款，等候時遇見她，她更漂亮了，但是她身邊有個男孩了。她投給我一個……就是所謂的『會心一笑』。」我認為學長真的想太多，女生的笑容，經常只是一種放電的模式，但學長能啟動她的放電模式，就不是毫無可能，我問學長，「那你為什麼不去追她？」學長黯然。

「人家達斯汀．霍夫曼連在婚禮上都能搶人了！」

〈*Scarborough Fair*〉原是一首英國民歌，賽門與葛芬柯（Simon and Garfunkel）改編、合唱，做為《畢業生》的插曲之後，傳唱全球。歌曲中，這個男人輕輕告訴聽者，去跟她說吧，讓她為我做一件沒有接縫的襯衫，然後在一座乾涸的井中洗滌它，那麼她就會是我的真愛。少來了，這是追不上女孩子的自我排遣吧。可是他們唱得多美多動聽喔。歌詞中每一節的第二句，反覆吟唱著「Parsley, sage, rosemary, and thyme」，有人解釋，巴西里象徵「愛情」，鼠尾草象徵「力量」，迷迭香象徵「忠誠」，百里香象徵「勇氣」。但是否需要刻意強調這些隱喻？我沒有答案。這些香草，誦唸時本身就令人遐想了。就像唸阿彌陀佛唸久了就有力量，這些芳草是會召喚愛情的吧？

回頭說我的美術社學長，他到底有沒有去追那位小學同學呢？我不知道，第二個學期我就從美術社落跑了。我還記得學長的名字，卻想破頭也想不起他是什麼系的，完全失聯了。

大學畢業後，我卻曾在一家銀行巧遇大一時追過我的一個中國醫藥學院的男孩，他曾是建中吉他社社長，古典吉他彈得非常厲害。但他追我時，我已經有男朋友了。我們交換祝福的微笑。這時我們都已大學畢業，新的情況，新的路程，新的煩惱，新的困惑。銀行是一個極為現實的空間，至今我仍想，如果我們是在音樂廳相逢，也許會討論節目，會談起他熱愛的音樂；如果我們在醫院相遇，或許會問起彼此的身體健康；如果是在書店……偏偏是在存款、領錢、繳費的銀行……

Edelweiss

一行人在小船上，乘著風，有人開始唱歌。輪到我了，我想唱個大家都聽得懂的，那只好是英文歌了。風中飄來細小的白色花瓣，這是深冬的釜山，首爾還飄雪，乾冷的釜山一花一木都被明豔陽光鑲了金邊。我們是一群「烏合之眾」，結束在平昌的國際人文論壇（二〇一八）之後，南下釜山參加另一個非歐美語系的作家聯誼。除了幾名韓國籍作家學者之外，有來自奈及利亞、墨西哥、菲律賓和台灣的我。我在前一晚的迎賓會上唱過中文歌了，奈及利亞的可樂先生（Kola Tubosun）還衝上台親吻我的手哩。

小花瓣給了我靈感，我唱了希望大家可以合唱的〈*Edelweiss*〉。果然唱了幾句，就有人輕輕和上來了，連整團年紀最小、一九八一年生的可樂都說：「我聽過！」

Edelweiss, Edelweiss
Every morning you greet me
Small and white clean and bright
You look happy to meet me

Blossom of snow, may you bloom and grow
Bloom and grow forever
Edelweiss, Edelweiss
Bless my homeland forever......

這是電影《真善美》的插曲，如果ＡＢＣ字母歌、〈*You Are My Sunshine*〉、〈*London Bridge is Falling Down*〉這些兒歌不算的話，應該是我第一首學會的英文歌。

在我零用錢少得可憐，家人也不讓往外跑的小少女時期，週末電視長片是我眺望世界的窗口。那些反覆播送的電影，不會是《雷恩的女兒》（*Ryan's Daughter*）、《計程車司機》（*Taxi Driver*）之類，都是老少咸宜的經典，《亂世佳人》（*Gone with the Wind*）、《窈窕淑女》（*My Fair Lady*）、《羅馬假期》（*Roman Holiday*）、《真善美》，輪來輪去，輪得我幾乎學會了《真善美》裡面所有的插曲。也有悲劇，如《魂斷藍橋》（*Waterloo Bridge*），也有激勵人心的戰爭片，如《桂河大橋》。

〈*Edelweiss*〉是由奧斯卡．漢默斯坦二世（Oscar Hammerstein II）作詞，理察．羅傑斯（Richard Rodgers）作曲，有人譯成「小白花」，也有譯為「雪絨花」。劇中崔普一家人為了逃避納粹，藉由參加「薩爾茲堡音樂節」潛逃。他們演唱的第一首歌曲就是〈*Edelweiss*〉，影片裡，全場觀眾跟著崔普一家人感動齊唱的畫面深入人心，於是後來人們以為這原就是奧地利民謠。

〈*Edelweiss*〉在劇中第一次出現，是男主角在家人簇擁下，半推半就地拿著吉他自彈自唱。我二哥高中時代玩過吉他，那把吉他不時被我拿來撥撥弄弄，但學藝不精，也沒拜師，我只是想唱歌伴奏而已，彈熟了基礎的和弦就夠了。有些太難的封閉和弦，手不夠大，就自己亂改和弦，只要聽上去協調就混過去，如此，我也彈彈唱唱了多年。後來二哥的吉他、歌本都被我據為己有。

歌本裡也有這首〈*Edelweiss*〉，主要和弦是C、G7、F、AM7、DM7、D我還能應付，經常彈唱。並且自以為跟熱情活潑愛唱歌的女主角瑪莉亞個性很像，每唱起《真善美》的插曲都有強烈的代入感。想像自己在草原上奔跑，在修道院裡整天闖禍，想像自己走進豪宅，融化那群孩子、那帥氣男主人的心……。唉，那時候不會知道，原來相像的是：婚後也不過就是個煮飯洗衣的瑪莉亞！

我的烏合之眾國際友人在我的帶領下齊聲唱著〈*Edelweiss*〉，一遍又一遍反覆：Edelweiss, edelweiss, bless my homeland forever……。那一年的平昌國際人文論壇，主題正是：和平。

最近Edelweiss再度廣為人知，是在韓劇《愛的迫降》完結篇中，男主角送給女主角的種子開出了「雪絨花」，我才看清楚，原來Edelweiss長這樣啊！台灣譯為小白花，我一直以為類似白色的小雛菊，原來像星星一樣美麗。

梵谷之歌 Vincent

昨夜想著今天要為自己的生日點一首歌，胡思亂想著睡著了，一早醒來，浮上腦海的就是這首〈梵谷之歌〉（*Vincent*），那就點它吧。

可能因為唐．麥克林（Don Mclean）是我最早感興趣的外國歌手。最早來的最晚走，我是說，來到我們生命裡的東西。《紅樓夢》如此，赫塞如此，張愛玲、錢鍾書如此，唐．麥克林如此。

可能是大一吧，在一本音樂雜誌上讀到關於唐．麥克林的介紹。一九五九年，巴迪．霍里飛機失事死亡，十四歲的送報生唐．麥克林看著報紙的頭條，坐在別人家門口的階梯上哭了起來。那是他熱愛的搖滾歌手，他說，巴迪的音樂，教導我們如何去愛和跳舞，這一天，音樂死了（The day the music died）。我根本不知道誰是巴迪·霍里，卻對這熱愛音樂的送報生坐在別人家門口哭泣的畫面，感到震動。

唐·麥克林的〈美國派〉（*American pie*）寫下了這件事，但〈美國派〉歌詞艱澀，那其實是對他成長的美國五六〇年代的回顧。有一次在KTV裡點了這首長達八分多鐘的歌，我跟何致和兩人唱到快斷氣。我最常聽的，其實是他的〈梵谷之歌〉。

一九九〇年我去德國，在哥哥家住了兩個多月。期間我們南下法蘭克福旅行，哥哥嫂嫂的德國友人安提亞同行，夜晚我跟她同住。那是我第一次出國，第一次跟老外打交道，英語說得亂七八糟，一堆字詞說不出口。在某個景點，安提亞指著一大片美麗的黃色水仙要我看，我喊著：「Daffodils！」她倒愣住了，可能是想這個人連要吃什麼食物都講不清楚了，Daffodil這種單字倒說得順口。我對她迷惑的眼神輕輕唱了起來：

Shadows on the hills
Sketch the trees and the daffodils
Catch the breeze and the winter chills

In colors on the snowy linen land……

那一刻，她的眼睛閃著非常美麗的光。我真真切切感受到音樂如何跨越語言、種族、文化，讓人靠近。

〈梵谷之歌〉寫出唐．麥克林對梵谷．文生深深的崇拜。樹林和水仙花，清晨田園裡琥珀色的穀物，火紅的花朵燦爛地燃燒，和飽經風霜的臉容……這所有的歌詞，寫梵谷，寫梵谷的畫。即使在絕望中，仍然付出愛。人們不會傾聽你的心聲，也許永遠不會（perhaps they never will……）。

這首歌也使我想起余光中老師。我最早讀余老師的書，既不是詩集也不是散文，而是他翻譯的《梵谷傳》，其實我已經混亂，是先聽了〈梵谷之歌〉而去找傳記，還是先讀了傳記才聽這首歌。但那如雷轟頂般地感受到靈魂可以被文學、音樂、藝術深深震撼、著迷的覺知，卻是如此的難忘。

唐．麥克林的音樂，教導我如何去愛和歌唱。

我相信，今夜星光燦爛。

日昇之屋 House of the Rising Sun

我要說一個關於青春，關於夢想的故事。這不是「有志者事竟成」的療癒事蹟，也不是被命運摧毀那樣的悲傷情節，我要說的是我的作家同儕陳輝龍，少年組搖滾樂團的不勵志故事。

我與陳輝龍同世代，只小他一歲（陳輝龍是五年二班），都出生於基隆，然而兩人聊起來卻像成長於不同時空。我童年照片不多，因為家裡沒有相機，他卻國中畢業就擁有一台自己的單眼相機。我小學時期除了學校、眷村完全不知道外面的世界，他卻已經會去一種叫作「音樂屋」的地方消磨時間。我畢業的學校，叨天之幸都還健在，陳輝龍說他念的學校都不見了！國中念鼓山，已經不在了，台南的美術專科學校後，不久又轉到潮州，之前還轉過的幾個學校都倒了，最後好不容易畢業的潮州美術職校，也倒了，所以他畢業而仍舊存在的學校，只有鼓岩國小……，所以，需要填履歷時，他只能填上「鼓岩國小」畢業。

「等一下，」我頭昏了，「你為什麼要一直轉學？」

「因為品性差啊！」

「怎樣差？」

「打架滋事。」

我把標準降到最低：「有混幫派嗎？」

「沒有啦，只是血氣方剛。」

「你水瓶座耶，怎麼會這樣子？」

於是他講起在火車上跟台南水產學生鬥毆始末，校方要他留級，不想留級只有一個辦法，就是轉學。「我很怕留級，那要到哪一年才能畢業？很不想待在學校，只好轉學。這是第一次鬥毆事件……」好吧，我把話題拉回來，我要問的是關於他曾經組band的輝煌歷史。在我念高中的一九八〇年代初，身邊不少會彈吉他、熱愛音樂、唱歌的好朋友，也有嚷嚷要組band的，但都沒有付諸行動。陳輝龍在那個時代，絕對是最瘋狂的怪小孩。

但在談他的band之前，我想先弄清楚剛剛從他嘴邊滑過的一個名詞，「什麼叫『音樂屋』？」

陳輝龍說，「我小時候住高雄，那個年代的高雄，有個堀江商場，我家就在旁邊，它現在沒落了，當年曾經是全台灣最大的舶來品區，大概是晴光市場的十倍大。而附近一整條五福四路跟七賢路加起來，可能有超過百間以上的音樂屋。音樂屋專門放搖滾音樂。以前我跟台北朋友碰面，談起台北的搖滾音樂，朋友說有一家『天才』，在西門町，還有幾家……他兩三下就數完了，我說你們台北很爛啊，我們高雄有一百家以上的音樂屋，招牌把美國、英國的搖滾合唱團名字都取光了！」

我請他描述音樂屋。「就是專門放黑膠、聽搖滾樂的地方，像咖啡廳，有供應飲料，但烏七嘛黑的，你如果穿白色的衣服會有螢光。老闆一定是搖滾樂愛好者，唱片多半是翻版。可以聊天，但大部分人就是去聽音樂。裡面大部分是大人。我常去的那家叫『衝浪』，也是合唱團的名字。」

「誰帶你去的呢？」

「我小時候會跟一些大人玩在一起，第一次去，大概是跟著鄰居高中生吧。音樂屋可能也跟美軍留下的酒吧文化有關。那時高雄港商務發達，鹽埕有港、有河，還有山，日據時代留下一些商場，又有美軍文化，文化多元豐富。大大小小的音樂屋，小的只有桌子兩三張，最大的一家叫作『滾石』，就在雄女附近，記憶中有兩三層樓，騎腳踏車跨過愛河經過會看到很大的一面牆，牆上有個『滾石』樂團標誌的吐舌頭。但我們不敢進去那裡，聽說很貴。我最早去的那間叫作『日昇之屋』。英國藍調搖滾『動物樂團』（*The Animals*）的〈日昇之屋〉（*House of the Rising Sun*）是我最早聽到的搖滾樂，我問了某個大哥哥，哪裡可以買The Animals的專輯？他指引我去一家唱片行。唱片行老闆綽號十一指，因為他有十一根指頭。

「那時我剛進國中，分到好班，真是非常非常痛苦，體育沒了，美術沒了，音樂也沒了，覺得生活很黑暗。我的排遣就是去音樂屋、唱片行。那位十一指老闆的店，一半是唱片行，一半是愛國獎券行。他老婆負責賣可以賺錢的愛國獎券，但是唱片行，我每次去都是只有我一個人。就看到他們夫妻每天都在吵架，用台語罵很髒很髒的話。我告訴十一指老闆，想買The Animals的專輯，他說，我跟你講，你要先認識一個人，叫作Bob Dylan。你拿回去聽聽看，如果覺得不好聽再拿來跟我換。之後他跟我講了許多人、許多音樂，中間不時傳來他老婆的叫罵聲。後來我到紐約，買的第一張唱片，就是Bob Dylan的最初專輯，為的就是他用唸的唱出〈*House of the Rising Sun*〉。如果要我選最佳版本的話，那Dylan的，當然是第一，The Animals是第二名。」

這就是陳輝龍的搖滾音樂啟蒙課，在十一指老闆和他老婆的髒話叫罵之中。那時父親跑船，媽媽不太管他，會管他的只有哥哥，但是大他十五歲的哥哥當兵去，他就沒人管束了。國三下學期該準備聯考了，但他當沒這回事，父親寄補習費給他，就拿去買了一把電吉他。有一天鄰居跑來問他媽媽，聯考要不要一起包車去？他想慘了，他根本沒有報名！意識到這件事，高中已經來不及報了，他跟媽媽說，「喔，我不用考那個。」馬上去報了五專。

我實在覺得不可思議：「不是學校會幫你們一起報名嗎？」

他說：「那時候很散，沒理這個事。」

「你到底在幹麼？」

「就是一直在想著要弄個band啊。我那時很天真，覺得念書不必在學校，可以自學。」

他先去找了一位專門在辦桌酒席上演奏的老師學吉他，組了樂團，又跟一位吉他手的舅舅學，他們教的都不是他想要的，但算是入門學了基礎。

他運氣不錯，進了南部唯一的美工專科，「念美術是因為我國小時有去畫過電影看板。工頭把照片打格子，幾十個人合力完成，畫的時候根本不知道自己畫的是哪一個部分，但工資還滿豐厚的。畫圖這種事，我們小時候就會的。既然非升學不可，那我就念美術吧，以後應該會有用。」

陳輝龍的第一個band，叫作「Baby's」，我笑出來：「好可愛啊。」「因為我的小名叫小寶。」「哈哈哈！」「那是國中剛畢業時，我們還做制服，繡英文字母，那個B字還學ABBA，把它反過來。」

Baby's團員裡鼓手的媽媽非常支持他們，曾把自家頂樓借給他們練團。團員就從美工科的同學裡找，後來轉學兩度更換團員，改了名叫作「Bamboo」，原因是，三個男生都瘦瘦高高像竹竿。Bamboo學英國雛鳥樂團（The Yardbirds），兩把吉他、一把bass。陳輝龍是主唱，彈伴奏吉他。

「Bamboo三個男生住在一起，都念美工科，我們在鄉下合租公寓，還有個畫室，是廚房改造的，平日一起寫生、攝影、練團、表演，甚至還嚴格規定：不准聯誼！」

「為什麼不准去聯誼？」

「我們有很多事要做啊。覺得談戀愛很煩，尤其看到同學的遭遇，特別是班對……」

「遭遇！」我說：「你用遭遇這兩個字！」

「那真的慘不忍睹好不好！」

這比他聽什麼音樂更讓我好奇了，「到底是什麼『遭遇』把你嚇成這樣？」

「比方要跟別人報告行蹤這件事，我就覺得很累。也會碰到一些女生，似乎興趣想法跟你一樣。但一開始一樣，後來也會變得不一樣。我喜歡的東西，大部分女生應該不會太喜歡。」

「你認為音樂、攝影，大部分女生不會喜歡嗎？」

「因為我聽的音樂跟別人不一樣。攝影更麻煩，女生會覺得那你拍我啊。」我狂笑。

「妳不會嗎？」

「我不會！最好不要拍我！」

「而且我經常出去攝影，全台灣就是我的大照相簿，全台各地地走，女生會說你為什麼不帶我去？不然就是不停地問我在幹麼？我為什麼要告訴妳？其實我很簡單，我不是出去拍照，就是在暗房洗照片，不然就聽音樂，花很多時間聽音樂。」

「聽音樂總可以一起吧？」

「起初可以一起，後來女生就會說可以聽別的嗎？如果我彈吉他，她就會說，那我唱你彈。幹麼啊，主要是她唱的我不會彈，她就會說你怎麼不會彈，這種東西很簡單啊，我說那妳自己彈。」我已經笑倒，我說算了，你還是別去聯誼引起公憤，好好玩你的搖滾吧！

但搖滾音樂在那個年代，尤其在「鄉下」是非常寂寞的。他們也嘗試在學校組社團，那年頭社團名字不能叫什麼搖滾、熱門音樂，只好就叫作電子吉他社。以為活動地點在禮堂，自然就會有人來聽，根本沒有人來聽，頂多是他們動員的同學、學弟妹來捧個場。他們唱最多的是Bob Dylan的歌，比如〈*Blowin' in the Wind*〉、陳輝龍最喜歡的〈*Seven Days*〉，「這首歌就是一直唸：Seven days, seven more days……一般人聽起來可能很無聊，但我喜歡Blues的歌，那時候對黑人的Blues興趣超高。」還有就是那首〈日昇之屋〉，可以說是他的最愛。

〈日昇之屋〉是美國傳統民間音樂，The Animals在一九六四年錄製，被認為是「第一支民謠搖滾樂」。歌詞是一個年輕人訴說著：「在紐奧良有一間屋子，人們都叫它日昇之屋，很多窮人的孩子都在此毀掉一生，我知道，我就是其中一個……」他的母親是個裁縫，爸爸是個賭鬼，這個賭鬼唯一感到滿足的，是他喝醉的時候。他說他「一腳踏在月台，另一腳踏在火車車廂上，正要回到紐奧良，回去戴上腳銬與鎖鏈……」這歌實在太悲慘。悲傷憂鬱的藍調原就流行於社會底層，銜接上電子搖滾，完全擊中少年陳輝龍的心，學他們飆吉他，悲傷地嘶喊。但……社團活動沒人來聽！

更悲慘的是，某日遇見一位排灣族同學，還得過五燈獎的，他說我可以去參與你們社團的活動嗎？當然歡迎啊。結果他來的那天，台下滿滿的人。

「他也唱搖滾嗎？」

「什麼！他唱校園民歌，唱〈歸人沙城〉！」

噢，歸人沙城，我正想啦啦啦啦，啦個幾句的，陳輝龍恨恨地說：「我恨死這首歌了！天哪，這靡靡之音吧！居然那麼多人！而且下面還跟著唱！」我趕緊閉嘴。「後來呢？」

「沒有後來！我氣死了！我們就退出那個社團，給他去弄了。」

在學校沒搞頭，他們到餐廳去唱。有人介紹他們去高雄名演唱西餐廳。老闆問他們會彈什麼歌？他們興匆匆彈起〈*Blowin' in the Wind*〉，這應該很通俗吧？「好，盡量不要彈這個。」老闆給他們一個歌本，「你們回去看一下，而且要彈客人點的歌，不能自己想唱什麼就唱什麼。」三人面面相覷：原來我們是伴奏啊！他們回去翻那歌本，都是校園民歌、瓊瑤電影的歌，居然還有〈離家五百哩〉，「我最恨鄉村音樂了！無聊而且單調！」不過他們還是去唱了，因為鐘點費還可以，唱著唱著，他們添加了不少器材。

他們把那歌本裡的一些歌改編成Blues，包括膾炙人口的〈我家在那裡〉。客人就說，「欸，彈正常一點好嗎？」屈辱感愈來愈重，這條道路怎麼跟想像的完全不一樣啊？暑假回家，心情低落，輝龍的媽媽說：「你去唱歌，怎麼回來變這樣？」母親真是他的知音，告訴他：「沒關係啊，你不喜歡就不要配合嘛，這些就當成練習的經驗。」

他們往前更進一步是開始嘗試作曲，台北音樂圈有訊息捎來，說民歌唱片公司在選歌，如果被選中了，一首一千元。陳輝龍說，「那時我根本不會寫字！就先寫了旋律，AGoGo的曲調，其實跟民歌那種調子完全相違背，再開始拼字，填詞。完成的第一首歌，〈飄雲的日子〉，就是從民歌裡面找字，覺得比較容易入選，還真的被買了。第二首歌，從公共版權裡找詞，用了胡適的〈生查子〉：「也想不相思，可免相思苦。幾次細思量，情願相思苦。」寫成一個Rumba，也是藍調，又被買走了。

事情好像是朝著漸入佳境的情勢走了，他們繼續寫歌，雖然被買走的歌並沒有發行，但有唱片公司來談了，要他們至少錄十首歌才能出。他們在自己創作的八首作品之外，也翻唱一些喜歡的歌，其中一首〈爹地回家了〉（*Daddy's Home*）是他們平日練團最常唱的歌。〈*Daddy's Home*〉是一九七二年傑克遜五人組（The Jackson 5）的歌，也是藍調，旋律簡單如兒歌，歌詞是期盼爸爸回家的感覺。三個台灣少年雖然並不理解美國父子的生活方式，但他們唱出自己的心情。其中兩個團員的父親都是船員，短則幾個月，有時一年半載才能返航跟家人相聚，而另一位團員的爸爸是軍醫，同樣是經常缺席的父親。當陳輝龍動念組搖滾樂團時，他寫信給爸爸，希望老爸帶把電吉他回來給他。沒想到，收到的是一台迷你錄放音機——Walkman，那是一九七〇年代劃時代的產品。

他們就用這台Walkman，在一個十月連續假期裡，借了學校的攝影棚，錄下生平唯一一卷演唱實況錄音，卡帶正反面六十分鐘，共錄了十幾首歌。

卡帶錄好了，備忘錄也簽了，他們還自拍唱片封套，然後就沒下文了。等待，等啊等，等到他們三個都要去當兵了。「我後來長大才知道，簽備忘錄是沒有用的，必須要有明確的時間、預付多少金額的合約才算數。」三人入伍，band自動散了，這件事也就隨風而逝了。

退伍後，陳輝龍到雜誌社當攝影記者、出國上紐約攝影學校，告別了他的樂團夢。在紐約期間，書沒念到，倒是天天泡在唱片行裡，回國前聽說有唱片行倉庫大拍賣，他把剩下的錢全部花光，把所有Bob Dylan的唱片都買下來。「前陣子找唱片，看到了那時在紐約買的，封套上還貼著日期……」

他還找到了一張久違的照片。照片上，是三個日以繼夜彈唱搖滾的瘦高男孩。就是當年打算當作唱片封套的照片。

回首那一步之遙，如果當年唱片發行了，人生會不會不一樣？沒有欷吁感慨，「其實也沒什麼啊。」陳輝龍說，「這是很多人青春的時候都會做的夢。」

但搖滾樂是這樣的東西，照片中的貝斯手現住北京近郊，當他四十五歲那年，毅然跑去當模特兒！主奏吉他手在洛杉磯成了長途重機車旅行者，而主唱陳輝龍，成了小說家陳輝龍。熱血滔滔，他們依然是那日日彈唱搖滾的男孩啊。

後記——

陳輝龍說：「我會進入這些故事裡的原因，只有一個，那是我想證明我們那個時代，不是只有那種歌而已。」

後記

動念書寫這系列「我們的歌」，最初，源自一場記憶大考驗。我在臉書上追憶高中時代參加合唱比賽的往事。我高中念的景美女中禮班是當屆合唱比賽冠軍，我很懷念那首指定曲〈誓言〉。念東海時，喜歡散步，經常一個人走在通往牧場的小路，秋來，風一吹就感到蕭瑟，無緣無故便憂傷起來。我會哼唱這首歌，鼓舞自己不要沒事傷春悲秋。三十多年過去，我記不全歌詞了，在臉書上問同學，是否有人記得其他段落？不料，沒有人記得，甚至有同學堅稱從來沒唱過這首歌！Google又遍查不著，我經過二十四小時的燒腦，把整首歌詞補全了。

我不知道這首〈誓言〉作者何人，只從詞意判斷，應該是一首抗戰時期的愛國歌曲，旋律優美，尤其第一段，悠悠低吟，頗能振奮人心：

我不再在冬天的樹下惆悵，
讓心靈的綠葉凋亡，
我要把生命的熱情之火，
融化成三春的太陽……

不料，這無聊的追憶，我的高中同學們，對於合唱比賽裡究竟唱了什麼歌？在LINE群組裡引發了一場小小的爭辯。除了我記得的指定曲〈誓言〉、自選曲〈山在虛無縹緲間〉，琊瑢說，我們還有唱〈回憶〉（陳崑、呂佩琳作詞；郭子究作曲）啊。大家討論之間，我又想起另一首落落長的〈迎向春天〉（王尚義作詞；林聲翕作曲）。班長出來確認，有的，我們有唱〈迎向春天〉。那麼到底是誰記錯了？怎麼跑出四首歌？我的「回憶」重返練唱的現場，竟然把整個情況全部想起來了。

當年校內的指定曲有三首，音樂老師要我們唱〈蔣公紀念歌〉（那年代都有的），我們不要，而〈迎向春天〉是一首大歌，也是校際比賽的指定曲，那是合唱班在唱的，於是我們選了現在誰也記不得、害我想破頭的〈誓言〉。至於自選曲，我也不知道我們為什麼選了〈山在虛無縹緲間〉，音樂老師非常不以為然，說這首歌太難了，這是冠軍在唱的。結果我們班打敗合唱班拿下冠軍。音樂老師認為我們只是好運而已（或許我們唱得最好的，就是站在台上的那一次吧）「妳們駕馭不了這麼艱深的曲子！」硬是把我們出去校際比賽的自選曲改成了〈回憶〉。至於指定曲，我們也得改練校際比賽的指定曲〈迎向春天〉，於是前後總共練了四首樂曲。

我嘮嘮叨叨跟老公講述這整個過程，還一首一首唱給他聽，他頭暈腦脹只想聽結果：「後來妳們出去比賽有得名嗎？」

「沒有，」我的聲音一下子黯然，「我們班跟合唱班兩個班都參加了，都沒有得名。而且參加的學校，就算沒有一半，也有三分之一以上自選曲是唱〈回憶〉。別說評審，我們自己在台下也聽到耳朵長繭了。」

「搞不好妳們唱那個〈山在虛無縹緲間〉還會出奇制勝。」

「就是說，沒有任何學校唱這首歌！」

音樂老師到底是討厭我們班還是不喜歡〈山在虛無縹緲間〉這首歌呢？我們班是比較有主見一點（就是不聽話的意思），比較活潑一點（就是吵鬧的意思），比較……如今成為大人了，我想，也許這群沒受過訓練的雜牌軍，以黑馬之姿打敗老師從一入學就特意挑選、培養的合唱班，讓她很沒面子才是問題的核心吧？其實我們班鬧歸鬧，每週有兩三天放學後留下來，在沒有伴奏的情況下，克難練習。教體育的林柔里老師跟我們班最好，跑來說恭喜妳們啊，大家還說：「我們都沒練，隨便唱一唱啦！」林老師哈哈大笑：「妳們偷練我都有看到啦！」

現在回想，這簡直是熱血又叛逆的青春劇啊。如今我細細咀嚼〈山在虛無縹緲間〉的詞意，這首歌是黃自作曲，韋瀚章作詞：

香霧迷濛，祥雲掩擁，蓬萊仙島清虛洞，瓊花玉樹露華濃。

卻笑他，紅塵碧海，幾許恩愛苗，多少癡情種？

離合悲歡，離合悲歡，枉作相思夢。

參不透，鏡花水月，畢竟總成空。

十七歲的少女，真不能理解它的詞意嗎？賈寶玉悟禪時，寫下：

你證我證，心證意證。
是無有證，斯可云證。
無可云證，是立足境。

林黛玉提筆幫他補上「無立足境，方是乾淨」，那時候，他倆的年紀，大約一個十七，一個十五。

十七歲。那年阿秋給我的信：「寶哥哥曾經是最癡迷執著的人，在書末仰面大笑而去的時候，竟已由至情而成無情！遍歷人世諸般滄桑，豈能不『死』？而重歸頑石的心性……」

參不透的，到七十歲也參不透。但音樂的感染力，是可以觸動極深的靈性，或近似前世的情懷。老師，不一定比學生更通透。

我再往前追憶，我生命裡的第一首合唱曲，應該是小學三年級唱的〈老黑爵〉（Stephen Collins Foster 作詞作曲；蕭而化中譯），莫若融老師踩著風琴，我們清澈的童音朗朗唱道：

時光飛馳　快樂青春轉眼過
老友盡去　永離凡塵赴天國
四顧茫然　殘燭餘年惟寂寞
只聽見　老友殷勤呼喚老黑爵
我來了　我來了　黃昏夕陽即時沒
天路既不遠　請即等我老黑爵……

又是誰，教一群九歲的孩子唱這種老友盡逝，準備赴天國的歌啊？

我的高中同學莉萍看了臉書告訴我，她中毒了，那幾天一直在哼第一小節那四句歌，她也試著上網尋找想幫我確認，只得一小段殘破不正確的歌詞夾在某篇小說裡。問我：「奇怪？這首歌怎麼消失了呢？」我說：「它只活在我們的記憶裡了。」

我得在還記得的時候把它記錄下來。也因此，一首歌一首歌地寫了起來。

我把那首傳說中的〈誓言〉附錄於此：

〈誓言〉

我不再在冬天的樹下惆悵，
讓心靈的綠葉凋亡，
我要把生命的熱情之火，
融化成三春的太陽，
讓它發出智慧之光，
帶給人間溫暖與希望，
我要把生命的熱情之火，
融化成三春的太陽。

我不再做風花雪月的幻想，
讓心靈的深處創傷，
我要在這個戰鬥的時代裡，
誓爲祖國效命疆場，
讓生命的溪流浪花，
做飛珠濺玉的激放——

我的歌聲豪壯如雷，
我的意志堅定像鋼，
我要勇往直前，
不怕任何險惡與頑強，
我要用熱血和汗，
寫下人生不朽的篇章！

我們的歌——五年級點唱機　　看世界的方法 203

作者　宇文正

封面設計　謝佳穎
內頁設計　吳佳璘
責任編輯　施彥如

董事長　林明燕
副董事長　林良珀
藝術總監　黃寶萍
執行顧問　謝恩仁

社長　許悔之
總編輯　林煜幃
主編　施彥如
美術編輯　吳佳璘
企劃編輯　魏于婷
行政助理　陳芃妤

策略顧問　黃惠美．郭旭原．郭思敏．郭孟君
顧問　施昇輝．林子敬．謝恩仁．林志隆
法律顧問　國際通商法律事務所／邵瓊慧律師

出版　有鹿文化事業有限公司
地址　台北市大安區信義路三段106號10樓之4
電話　02-2700-8388
傳真　02-2700-8178
網址　www.uniqueroute.com、www.facebook.com/uniqueroute.culture
電子信箱　service@uniqueroute.com

製版印刷　沐春行銷創意有限公司

總經銷　紅螞蟻圖書有限公司
地址　台北市內湖區舊宗路二段121巷19號
電話　02-2795-3656
傳真　02-2795-4100
網址　www.e-redant.com

ISBN：978-626-95316-1-5
初版：2021年12月

定價：360元

國家圖書館出版品預行編目(CIP)資料

我們的歌——五年級點唱機
宇文正著——初版．—— 臺北市：有鹿文化，2021.12
面；公分．—（看世界的方法；203）
ISBN：978-626-95316-1-5（平裝）

863.55　　110018033